Geschichten aus dem Leseturm

Katharina Mälzer (Hrsg.)

Geschichten aus dem Leseturm

...geschrieben in, über und um Merseburg herum

© 2014 Katharina Mälzer (Hrsg.)
Umschlaggestaltung: Katharina Mälzer
Die Rechte an den Texten liegen bei den Autoren.
Die Schreibweise der Texte folgt der traditionellen
Rechtschreibung oder
der 26.Auflage des DUDEN.
Herstellung und Verlag:
BoD – Books on Demand, Norderstedt
ISBN 978-3-7357-2057-3

Inhalt

Vorwort

Der Leseturm ist der Turm der von einem Verein sanierten Hoppenhauptkirche in Beuna, unweit von Merseburg.

Leseturmautoren sind Autoren aus der Region Merseburg, die sich treffen, austauschen und in zweimonatlichem Rhythmus Lesungen durchführen.

Merseburg liegt mitten in Deutschland, hat eine bewegte Geschichte, war Kaiserpfalz, besitzt Schloß und Dom und eine Hochschule.

Merseburg wurde geprägt durch die Chemiewerke Buna und Leuna, mit allen Folgen für Menschen und Umwelt.

In der Bibliothek des Domkapitels zu Merseburg wurden zwei in althochdeutscher Sprache geschriebene Zauberformeln aus dem 9./10. Jahrhundert entdeckt, die Merseburger Zaubersprüche. 1842 wurden diese dann erstmals von Jacob Grimm herausgegeben und kommentiert.

Zaubersprüche – Grimm – Märchen – Schreiben – über diese Stichworte kamen die Leseturmautoren auf die Idee, Merseburg hinsichtlich des Schreibens wieder zu beleben.

Sie möchten mit ihrer ersten Anthologie Merseburg und sich selbst bekannter machen.

Lassen Sie sich überraschen und entführen in eine Welt von Geschichten, geschrieben in, über und um Merseburg herum!

Johanna Adler

„Glück gehabt"

Die Wiedervereinigung unseres Landes hatte sich schon vollzogen, doch in dem Teil, in dem sich dieser Vorfall ereignete, stieß man noch an allen Ecken und Enden auf die Wunden, die das vorherige System dort geschlagen hatte. Lange würde es dauern, sie halbwegs zu beseitigen, manche würden nur schwer vernarben, andere vielleicht nie. Besonders sichtbar waren die Wunden an Straßen und Gebäuden und bei Mutter Natur.

Da geschah es, dass das Glück für einen Tag persönlich in der Stadt M. vorbeischaute. Es kam aus einem großen, alten Haus, dessen Tage schon gezählt waren. Der Putz des Hauses wies große Schäden auf, an seinen Fenstern blätterte die Farbe ab und dem Dach fehlten Ziegel. Doch die Bewohner waren's zufrieden, sie lebten schon so lange in diesem Haus und mit diesem Zustand, dass er sie nicht mehr störte, sie bemerkten ihn nicht einmal.

Aus diesem Haus trat nun eines Tages das Glück in Gestalt eines kleinen Mädchens. Es trug Jeans, seine blonden Haare waren zu frechen Zöpfchen geflochten worden und es ging – nein, es hüpfte vielmehr an der Hand einer nicht mehr jungen Frau stadteinwärts. Die Frau und das Kind boten einen erfreulichen Anblick, der sich noch verstärkte, weil das kleine Mädchen jedem, der ihnen begegnete, zurief: „Glück gehabt, Glück gehabt!" Die ersten Angesprochenen wunderten sich wohl, dachten sich jedoch nichts weiter dabei und gingen lächelnd an den beiden vorüber. Dann kam einer, der sagte und fragte zwar auch nichts, wurde aber sehr nachdenklich. Was mochte geschehen sein, dass dieses Kind einen solchen Ausspruch tat? Und wie war das mit ihm und dem Glück? Je mehr er darüber nachdachte, desto mehr musste auch er lächeln, desto beschwingter wurden seine Schritte. Im nächsten Geschäft kaufte er einen großen Strauß mit den Lieblingsblumen seiner Frau und ging schnurstracks zu ihr. In ihre erstaunten Augen hinein sagte er: „Ich glaube, ich bin heute dem Glück begegnet." Und er erzählte von dem Kind mit den großen Augen und wie es ihn angestrahlt hatte und immerzu gerufen habe „Glück gehabt, Glück gehabt". Da wäre ihm mal wieder so recht zu Bewusstsein gekommen, welches Glück er gehabt hatte, dass sie damals seine Frau geworden war und nicht den anderen genommen hatte. Sie umarmte ihn und lachte: „Na, da haben wir wohl alle Glück gehabt." Und nach einem Weilchen: „Das muss ich der guten Lisa erzählen." Flugs erzählte sie der guten Lisa von der Begegnung ihres Mannes mit dem Glück. Die gute Lisa erzählte es ihrer besten Freundin und die erzählte es der Arbeitskollegin – und so ging das und ging das. Schließlich hatte sich in der ganzen Stadt wie ein Lauffeuer das Gerücht verbreitet, das Glück sei persönlich in M.

Wer irgend konnte, machte sich auf, ein Zipfelchen von ihm zu erhaschen. Ein Gedränge und Geschiebe hob an, keiner wollte das Glück verpassen. Wie mochte es aussehen, würde man es erkennen? Keiner wusste es, man konnte fragen, wen man wollte. Und überhaupt, würde man es finden bei den vielen Menschen? Selbst die Straßenbahn kam nicht mehr weiter, der Autoverkehr war sowieso erlegen.

Langsam begann sich ein Murren auszubreiten: So ein Blödsinn, das Glück persönlich - gibt es doch gar nicht – wer hat das bloß in die Welt gesetzt?! So und ähnlich maulten die enttäuschten Leute. Die ersten kehrten schon um, da verbreitete sich eine neue Kunde: Manche hätten eine Frau mit einem kleinen Kind getroffen, das mit großen Kulleraugen die Entgegenkommenden anstrahle, weder seinen Namen sage, noch wie alt es sei – wenn man es frage – sondern nur unentwegt „Glück gehabt, Glück gehabt". War bei dem Gerücht nicht von einem kleinen Mädchen die Rede gewesen? Ob das vielleicht das Glück sein konnte?

Und dann geschah etwas Merkwürdiges! Während einer dem anderen davon erzählte, ging eine seltsame Veränderung in den Menschen vor. Verkrustungen brachen auf, die Herzen öffneten sich. Das Kind hatte mit seinem Ausspruch – mal als Ausruf, mal als Frage – in ihnen etwas angestoßen – ein Nachdenken über das Glück!

Wildfremde Menschen begannen plötzlich, sich gegenseitig von ihrem persönlichen „Glück gehabt" zu erzählen. Ein Stimmengebraus war das! Kaum konnte man einzelne Wortfetzen verstehen: Tochter wieder gesund – Unfall glimpflich verlaufen – im Lotto gewonnen – zu DDR-Zeiten die letzte Gurke erwischt – für jeden bedeutete Glück etwas anderes. Vielen war gar nicht mehr bewusst gewesen, wie viel Glück sie bei aller Last, die das Leben mit sich bringt, doch auch erleben durften.

Eine Welle der Glückseligkeit wogte durch die Straßen. Vom Teich bis zum Dom, vom Bahnhof bis zur Mühleninsel, überall sah man glückliche Gesichter. Einige wischten sich auch verstohlen die Augen, Tränen des Glücks liefen über manches Gesicht. Und die Menschen erkannten, dass das Glück in ihnen selber ist, man muss es nicht erjagen, sondern nur richtig erkennen und erfühlen – und manchmal mit der Nase darauf gestoßen werden!

Viele schüttelten sich die Hände, etliche umarmten sich sogar, ehe sich die Menschenmenge allmählich auflöste und die Leute mindestens für diesen Tag glücklich und zufrieden in ihren Alltagstrott zurückkehrten.

Ein Kind hatte solches vollbracht!

Wo aber war es geblieben?

Als das Gedränge dicht und dichter wurde und das Stimmengewirr immer lauter, war es allmählich verstummt. Die großen Kulleraugen hatten ihren Glanz verloren, sie waren vom vielen Schauen müde und klein geworden. Die Frau hatte das Kind fester an die Hand genommen und war mit ihm unbemerkt aus der Menge geschlüpft. Nun, da es nicht mehr sein Sprüchlein aufsagte und die vorher so strahlenden Augen gesenkt hielt, achtete niemand mehr auf die beiden. Sie waren eine Frau und ein Kind, deren es viele gibt.

Sie kamen unbehelligt in die Straße mit den großen, alten Häusern. Von dort waren sie vor Stunden aufgebrochen, die Bewohner der Stadt wenigstens für eine Weile glücklicher zu machen.

Kurz vor ihrer Gartentür kam ihnen eine uralte Frau entgegen. Das Gehen fiel ihr schwer, sie musste sich fest auf ihren Stock stützen. Man sah sie nur noch selten auf der Straße. Sie wohnte seit Menschengedenken auf der anderen Straßenseite auch in einem großen, alten Haus, hoch unter dem Dach. Wie hatten sie und ihr Mann – Kinder hatten sie nie gehabt – über all die Jahre ihre Freude an der Familie gegenüber gehabt, manch gutes Wort war über den Gartenzaun hinweg gewechselt worden. Doch dann war ihr Mann gestorben, sie selber wurde alt und verbittert. Im Lauf der Zeit wollte niemand mehr so recht etwas mit ihr zu tun haben, sie war zu griesgrämig, manchmal direkt bösartig geworden. Von der Familie gegenüber wollte sie schon gar nichts mehr wissen.

Die Frau mit dem Kind an der Hand zuckte richtiggehend zusammen, aber die alte Frau sprach sie ganz freundlich an: „Mein Gott, Frau Sommer, hatten Sie neulich ein Glück! Ich kann zwar kaum noch laufen, doch meine Augen und Ohren funktionieren erstaunlich gut. Ich stand zufällig am Fenster, als bei Ihnen die Dachziegel ins Rutschen kamen. War das ein Getöse! Was hätte Furchtbares passieren können!" „Ja", antwortete die Frau mit dem kleinen Mädchen erleichtert und erfreut über die Freundlichkeit der alten Frau. „Was für ein Glück, dass das Kind Durst hatte und unbedingt sofort etwas zu trinken haben wollte. Wir waren gerade ins Haus gegangen, als der halbe Giebel runterkam. Sie hätten den Berg Dachziegel sehen sollen, sooo hoch lagen sie auf der Terrasse, wo wir gerade noch gespielt hatten. Mich schaudert's jetzt noch." Und sie zeigte mit der Hand, wie hoch der Berg gewesen war.

Das kleine Mädchen war längst wieder hellwach, machte große Augen und strahlte die alte Frau an, die freundlich zurücklächelte. Als es aber ein halbes „Glück gehabt" herausgebracht hatte, verfinsterte sich die Miene der alten Frau, sie dachte wohl, das Kind äffe sie nach. Die jüngere Frau erklärte schnell: „Was meinen Sie, wie oft ich schon davon erzählen musste! So oft, dass das Kind selbst im Schlaf noch ruft: „Glück gehabt, Glück gehabt". Und denken Sie, was es vorhin in der Stadt angerichtet hat! Es würde mich nicht wundern, brächten sie es heute Abend im Fernsehen."

Sie berichtete von den vielen Menschen, die zusammengelaufen waren auf der Suche nach dem Glück und sich gegenseitig von ihren Glücksmomenten erzählten. Welch ein Gedränge es gegeben hätte, welch wunderbare Stimmung geherrscht hätte. „Stellen Sie sich vor, wildfremde Menschen sind sich in die Arme gefallen!" Und dann: „Wann hatten Sie eigentlich das letzte Mal Glück, Frau Winter?" Das Kind hatte während des Gesprächs unentwegt seine Kulleraugen auf die alte Frau gerichtet und wollte gerade wieder mit seinem Sprüchlein anfangen, als diese antwortete: „Ich glaube, gerade eben! Wissen Sie, Frau Sommer, seit ich allein bin, ist aus mir zunehmend so etwas wie eine richtige alte Hexe geworden. An allem und jedem hatte ich etwas auszusetzen und habe mir und meinen Mitmenschen das Leben schwer gemacht. Das muss sich ändern! Die Augen Ihres kleinen Mädchens sind mir durch und durch gegangen. Ich hatte ganz vergessen, wie viel Schönes ich doch auch erlebt habe. Daran will ich mich wieder erinnern." „Wenn es Ihnen recht ist, helfen wir Ihnen dabei", sagte Frau Sommer. „Das wäre schön", seufzte die alte Frau, ihr Gesicht hatte den unglücklichen Ausdruck schon fast verloren. „Also, dann bis bald!"

Man nickte sich zu, das Kind winkte der alten Frau noch eine ganze Weile hinterher und dann hatten die großen, alten Häuser ihre Bewohner wieder aufgenommen.

„Na, mein Schätzchen, wann machen wir beide mal wieder die halbe Stadt glücklich?" „Bald, Großmutter, bald!"

Und als abends tatsächlich im Fernsehen ein Bericht über einen ungewöhnlichen Menschenauflauf in einer Kreisstadt in Sachsen-Anhalt gesendet wurde, tönte es aus dem Kinderbett im Nebenzimmer schlaftrunken: „Glück gehabt, Glück gehabt!"

Thomas Deutsch

Instant Family

Montag, 5:30 Uhr. In der kleinen, hypermodernen Küche fiepte leise die Kaffeemaschine. Das gedämpfte Licht einer verborgenen Lampe warf einen orangeroten Kegel in die massive Dunkelheit, aus der alsbald Beate auftauchte, sich in ihre schwarze, knallenge Hose zwängend. Sie musste flink sein, und leise, damit die süße Lena nicht aufwachte und ihr Schatz Thomas selig weiter träumen konnte. Aber etwas Heißes im Bauch musste sein: Wenigstens eine kleine Tasse Kaffee, pechschwarz und mit drei Löffeln Zucker. Dann durfte der Tag beginnen.

Was hatten sie in den letzten zwei Jahren nicht alles geschafft! Seit acht Monaten wohnten sie glücklich in ihrem neuen Haus. Nach fast einem Jahr Schmerzen – Grundstück, Makler, Bausparer, Arbeit, Dreck, Geschrei. Aber am Ende zählte nur das Ergebnis. Der Mensch brauchte Ziele, wenn er weiterkommen wollte, und ein bisschen Druck, damit er fertig wurde. Nun leuchtete er hell in der Sonne, der zitronengelbe Kubus mit den schmalen Fensterbändern, inmitten eines eher symbolischen Gartens, halb mediterran, halb japanisch – sicher nicht jedermanns Geschmack, ebenso wenig wie die Siedlung und ihre Bewohner. Aber wie oft musste man sie schon ertragen? Eine angemessene Bleibe, nicht mehr und nicht weniger. Ein bisschen Komfort für den Alltag. Aber bestimmt nichts für die Ewigkeit.

Das Leben bot unendlich viele Möglichkeiten. Ein aufregendes Dasein musste kein Traum bleiben. Heute hatte sie zufällig erfahren, dass sie für die Zweigstelle in Frankreich händeringend Leute suchten. Natürlich solche, die französisch sprachen. Doch das konnte man lernen. Schon stand das Tor zur Welt weit offen: Paris, Marseille, Provence, Riviera, Martinique. Beate schwindelte. Tausend bunte Bilder wirbelten vor ihren Augen. Sie allein waren wichtig, nur sie – was sie wollten und zu wagen bereit waren. Alles andere fand sich: Ein Supermarkt zum Einkaufen, eine Schule für Lena, ein Haus zum Wohnen, Aufträge zum Arbeiten.

Beate musste an Thomas denken. Wie er damals so hoch über allem und jedem gestanden hatte, dass er sie, die kleine Zwecke, erst überhaupt nicht wahrnehmen wollte. Ein Typ zum Kotzen. Doch er sollte sie schon noch kennenlernen! Irgendwie war es Liebe auf den ersten Blick. Erst spürte sie ihn in seinem Versteck auf, um ihn dann von seinem hohen Ross zu stoßen. Willst du bloß noch in Ehren ergrauen oder zwischendurch zur Abwechslung auch mal ein bisschen leben?! Nur weil er ihr ins Gesicht gesagt hatte, dass er seinen Weg gefunden und sich von den Fehlern seiner Mitmenschen freigemacht hätte. Worauf er auch noch furchtbar stolz war. Soviel Arroganz musste bestraft werden, und da war er genau an die Richtige geraten.

Dass er so war, wie er war, hatte bislang niemanden gestört. Er wollte anders leben als seine Eltern. Im Gegensatz zu ihnen sah er keinen Grund zu übertriebener Fröhlichkeit inmitten des Sperrmülls, der die winzige Wohnung ausfüllte, und erst recht keinen Anlass zu ihrem unbekümmert offenen Gehabe – er hasste die Leute, die den ganzen Abend lachten, Bier tranken und im Garten hinter dem Haus saßen. Er wusste etwas Besseres mit seiner Zeit anzufangen. Wenn er nicht las, verbrachte er die Zeit bei seinen Freunden. Matthias' Vater war Arzt und wohnte in einer riesigen Villa, mit Erker und Terrasse, dunklen Möbeln, Buntglasfenstern und einem eingebauten 500-Liter-Aquarium mit lauter bunten, exotischen Fischen. Oder Ben, dessen Vater eine Autowerkstatt besaß und einen Audi fuhr, einen Westwagen, über dessen Herkunft heftig gemunkelt wurde. Zur Feier des Tages gab es eine Tafel Sarotti, und im Büro holte Ben ein Pornoheft aus der untersten Schublade. Eine Flasche Dujardin kreiste, und eine Schachtel Pall Mall machte die Runde, die Thomas jedes Mal dankend ablehnte.

Ja, er durfte überall mal schnuppern und mal kosten. Dann kehrte er zurück in seine Welt, in der es all das nicht gab. Ihm blieb der Stolz, auch ohne diesen Luxus auszukommen. Dafür war er überall der Beste, und weil das für ihn ganz normal war, fanden ihn die anderen okay. Mit Auszeichnungen geschmückt kehrte er von der Fahne heim zum Studium, und alle in der Seminargruppe profitierten von seinem Talent für Mathematik und seinem Gespür für technische Mechanik. Er half, ohne viel zu fragen. Weil er es konnte. Ansonsten interessierten ihn die anderen herzlich wenig, und er genoss die ungebundene Zeit als Student in vollen Zügen. Daran änderte sich auch nicht viel, als er schließlich ins Arbeitsleben eintrat, in ein Baukombinat, das viel plante und wenig baute, weil allemal Technik und Bilanzen fehlten. Doch sein Verdienst erwies sich als nicht so katastrophal, wie man es ihm an der Uni prophezeit hatte, und selbst mit einer

Wohnung klappte es bis zum Jahresende. Er fand seine Erfüllung in alten Büchern, Karten und Stichen. Er war stolz darauf, einen geistigen Anspruch zu vertreten, im Gegensatz zu seinen Kollegen, die nur tranken und lärmten, sich gegenseitig die Frauen ausspannten und Kinder in die Welt setzten, mit denen sie anschließend nichts als Hudeleien hatten. Er war der lachende Dritte. Auch wenn ihn die tägliche Lauferei um die kleinen Dinge des Alltags nervte.

Dann kam die Wende. Erst nur als ferne Erschütterung irgendwo hinter dem Horizont. Noch nicht wirklich sicht- und spürbar. Doch sie kam näher und würde alles überrollen, was einst fest und unverrückbar schien. Es ging was los, endlich. Thomas überkam beim Anblick der versammelten Massen auf dem Markt allerdings der Gedanke: Nun ist der ganze schöne Planet der Affen im Arsch. Im Kombinat herrschte eine seltsame Mischung aus Angst und Faulheit. Die Leistungsträger verschwanden dorthin, wo die Zukunft schon begonnen hatte. Einige Kollegen, als IM belastet, schafften klammheimlich wertvolle Unterlagen beiseite, um später damit private Firmen zu gründen. Sollten sie. Thomas wühlte derweil in alten Unterlagen, um zu retten, was er fortschleppen konnte. Um seine Zukunft machte er sich keine Sorgen. Schließlich war er es gewesen, der immer die besten Ideen gehabt hatte. Er konnte gelassen warten, bis sie ihn holen kamen. Natürlich streckte er die Fühler in die weite Welt aus, weil das alle taten. Er fuhr sogar zu einem Vorstellungsgespräch nach München. Bis er mitbekam, dass sich just im alten Kombinatsgebäude die Obere Baubehörde zu konstituieren begann, mit seinen Kollegen Hans und Peter an der Spitze! Und richtig: Die beiden trugen ihm sofort einen Dezernatsleiterposten in der Bauaufsicht an, noch bevor das hassliche Wort Kündigung überhaupt gefallen war. Wieso sollte er nach München ziehen? Wenn hier alles so weiterlief wie bisher!? Nunmehr auf Westniveau – mit Bananen, Dujardin und heißen Filmen zu später Stunde. Dann setzte sich diese kleine dürre Person neben ihn an den Kantinentisch, …um ein paar Minuten später als Referentin über Baurecht wieder vor ihm zu stehen. Eine Frau, die glaubte, vom Bau, seinem Fachgebiet, Ahnung zu haben, bloß weil sie aus dem Westen kam und klug reden konnte. Es war schon schlimm genug, dass sie ihm diese Schulungen zumuteten. Doch das ging eindeutig zu weit: Dieser jungen Rechtsverdreherin musste er zeigen, wo der Hammer hing. Das war er seinem Beruf und seiner Herkunft schuldig.

Beate empfand ihren Einsatz als reine Schikane. Im Gegensatz zur breiten Masse der Dozenten, altgedienten sprich abgehalfterten Beamten, hatte sie nichts zu gewinnen. Aber mit einer Jungabsolventin konnte man das machen. Während die anderen in die Kanzleien übernommen wurden und richtig arbeiten durften, drehte sie eine Warteschleife und saß über Folien und Präsentationen. Wie eine Studentin. Und auch noch auf einem Gebiet, vor dem sie sich immer gedrückt hatte. Bau – das war was für Männer. Wo sie so viel Familien- und Sorgerecht gebüffelt hatte! Das Leben war nicht gerecht. Nun wollte dieser blöde Typ sie auch noch mit seinem Fachchinesisch anmachen, und er würde verdammt schnell merken, dass sie keine Ahnung hatte. Wenn sie es nicht schaffte, die Sache zu drehen. So übel sah er eigentlich gar nicht aus. So wie er sich gab, gehörte er überhaupt nicht hierher. Das war kein typischer Beamter. Der konnte mehr. Auch als Mann. Beate verfügte auf diesem Gebiet über einige Erfahrungen, und dass sie hier gelandet war, lag ein bisschen auch an ihrer letzten Affäre, die leider so richtig vor den Baum gegangen war. Doch es wurde langsam Zeit, sich aus der freien Wildbahn zu verabschieden. Bevor die biologische Uhr richtig zu ticken anfing.

Leise zischend tropfte der Schweiß auf die Planken. Thomas gönnte sich wie immer donnerstags den kleinen Luxus eines Saunabesuches. Genau ihm gegenüber räkelte sich eine junge Frau genüsslich. Ganz schön raumgreifend, die Kleine. Diese wasserhellen Augen, der freche Pony…war das nicht die Tussi aus dem Beamtenlehrgang? Die, die keinen Schimmer hatte? Die Blicke kreuzten sich. Ein leises Lächeln umspielte ihre Mundwinkel. Hallo. Was zum Teufel wollte die hier? In seiner Sauna! Er spürte, wie sie seinen Körper musterte. Wollte sie ihn anmachen? Eigentlich hatte sie nichts an sich, was ihn hätte reizen können. Die Frauen auf den Bildern in seinem Schlafzimmer sahen eindeutig besser aus. Aber sie war nicht so dürre, wie er gedacht hatte, und dieser kleine Po sah richtig süß aus… Thomas ertappte sich bei dem Gedanken, Beate ziemlich hübsch zu finden. Noch bevor sie ein einziges privates Wort miteinander gewechselt hatten. Beate wusste längst Bescheid. Und richtig – ihr Held ließ es sich nicht nehmen, sie zu einem Drink an die Bar einzuladen, die er sonst so konsequent mied…

Thomas sah sich als überzeugten Junggesellen, und obwohl er Mädchen immer gemocht hatte und von Frauen fasziniert war, war er am Ende doch allein geblieben und hatte sich damit abgefunden. Nun stand plötzlich eine Frau vor ihm. Ohne Vorwarnung. Beate lächelte verschmitzt. Nächste Woche, gleiche Zeit, gleicher Ort? Na klar. Sie trafen sich mit schöner Regelmäßigkeit. Irgendwann wurde es spät und der Weg nach Hause zu weit. Ihre Lippen fanden seine, und die kleine freche Zunge ging auf Eroberungstour. Du kannst verdammt gut küssen. Gleich noch einmal. Aber klar doch. Ein unglaubliches Glücksgefühl überrollte Thomas. Seine Hände schoben sich unter Beates Hosenbund. Er musste diese Arschbacken in den Händen halten, sie quetschen, besitzen. Beate seufzte leise. Sie kamen erst wieder zu sich, als sie erschöpft nebeneinander im Bett lagen und sich fragten, was gerade passiert war…

Das hätte ewig so weitergehen können. Wenn Beate nicht den Satz fallengelassen hätte: „Der Bauernschrank kommt in den Flur!" Thomas besaß keinen Bauernschrank. Oh ja. Beate schmiedete Pläne für eine gemeinsame Wohnung – und das bereits sehr konkret. Eindeutig und über jede Widerrede erhaben. Wenn er das eine wollte, musste er das andere mögen. In einer Beziehung ging es nicht so sehr um das eine, sondern vielmehr um das andere. „Du lernst schnell." Beate schob sich sanft an ihn heran und lächelte. Er wusste genau, was das bedeutete. Los, gleich jetzt und hier. Ein Kind. Thomas konnte sich zwar noch nicht vorstellen, Vater zu sein, aber er freute sich darauf, eine richtige Familie zu haben. Zudem suchte sein alter Freund Horst einen fähigen Ingenieur, und er hatte ausgerechnet an ihn gedacht! Noch vier Wochen zuvor hätte er keinen Gedanken daran verschwendet, seine Karriere für eine Existenz in der freien Wirtschaft aufs Spiel zu setzen. Doch wieso sollte er es nicht probieren? Beate arbeitete schließlich auch in einer privaten Kanzlei, und das schon ziemlich lange und äußerst erfolgreich. Horst klopfte ihm auf die Schulter. Das lernst du alles. Auch das mit den Menschen, den Abrechnungen und der Steuer. Im Bauamt wollten sie gerade erst in Gang kommen, und keiner konnte sagen, wie lange das dauern und wohin das führen sollte. Man konnte überall warten und sich einrichten. Mit diesem seltsam leeren Gefühl, an dem auch das beste Hobby nichts ändern konnte. Schon sein erster Auftrag wurde ein voller Erfolg. Thomas war in seinem Element. Horst schmunzelte. Manchmal lohnte es sich eben doch, mal vertrauensvoll mit seiner Anwältin zu reden.

Beate trug derweil voller Stolz ihren wachsenden Bauch zur Schau. Thomas war fasziniert. Die Vorstellung, dass er das getan hatte, ließ sein Ego explodieren. Als Lohn dafür durfte er an diesem Wunder teilhaben. Beate lud ihn dazu ein. Um ganz sanft ihren Bauch zu streicheln. Und das Kind darin. Zeichen und bleibendes Symbol ihrer Liebe. Tagsüber wuchsen ihm Flügel bei der Arbeit, nachts verging er in den Flammen grenzenloser Zärtlichkeit. Beates schlankem Körper verlieh die gewaltige Wölbung eine beinahe laszive Eleganz, und sie genossen das atemberaubende Gefühl sichtbar gewordener Sinnlichkeit buchstäblich bis zum letzten Tag. Er ließ es sich nicht nehmen, bei der Geburt dabei zu sein, und er schaute ehrfürchtig auf das kleine Wesen mit den winzigen Fingerchen und wagte kaum, es zu berühren. Beate war eine wundervolle Mutter. Diese Frau, die sonst mit ihrem gnadenlos modernen Chic und ihrer burschikosen Art die ganze Welt in Atem hielt, kuschelte sich nun ganz sanft und weich in die Kissen, stillte ihr Baby und badete es in einem Meer grenzenloser Liebe, die kein Außenstehender ermessen konnte – und Thomas durfte sich unauffällig hinzugesellen.

Mit Feuereifer arbeitete er am großen Plan für ein eigenes Haus. Beate sah es mit Neugier und Wohlwollen – trotz und gerade wegen Lena. Thomas staunte, wie Beate zupacken konnte. Finanziell sah es allerdings nicht rosig aus, obwohl Beates Eltern tüchtig was gesponsert hatten. Doch sie war nicht umsonst früher aus dem Babyjahr zurückgekehrt. Das Angebot, für ein Jahr in die Hauptfiliale nach D. zu wechseln, war mit bester Aussicht auf Beförderung verbunden. Sie würde sich ein Zimmerchen nehmen müssen und bis in die Nacht hinein arbeiten. Doch im nächsten Jahr würde sie zum erlesenen Kreis der Kanzlei gehören, als jüngstes Vollmitglied aller Zeiten. Dann gab es Prozente, nicht mehr bloß Gehalt. Genau das, was sie jetzt brauchten. Thomas musste sich derweil um Lena kümmern, die kleinen Tränen trocknen, wenn die Mutti fort war. Die Luft wurde dünner, gewiss, aber zusammen schafften sie alles.

Thomas schaute sich derweil nach zusätzlichen Verdienstmöglichkeiten um. Die Aktienmärkte sorgten für Furore, und sein bester Freund Mario bedrängte ihn. Mit deinem bisschen Festgeld kommst du nie auf einen grünen Zweig. Thomas wollte seinen Augen nicht trauen, als er ihm die Abrechnungen seiner Investments präsentierte. Als selbst seine biedere Sparkassantante anfing zu schwärmen, war er überzeugt: Die Zukunft hatte begonnen, und er musste dabei sein. Er wusste nur, dass es einen DAX gab, und dass er stieg. Unaufhaltsam. Es galt, keine Zeit mehr zu verlieren. Aktienfonds waren sicher, da konnte er ruhig ein paar Tausender anlegen. Das Ergebnis ein Jahr später haute ihn fast vom Sockel. 40 Prozent Gewinn! Wenn das so weiterging, war er in nur vier Jahren Millionär! Und nichts deutete darauf hin, dass der Run jemals ein Ende haben würde. Alles, was noch an Geld verfügbar war, landete im Fond. Dieser Welt ein Schnippchen schlagen, den Rest seines Lebens Traumhäuser entwerfen, um den Globus jetten. Lena verwöhnen, Beate beschenken. Es wurde höchste Zeit, sie in das kleine Geheimnis einzuweihen. Sie mussten im großen Stil investieren. Beide.

Beate amüsierte sich über so viel Leidenschaft. Als ob durch Sparen schon mal jemand reich geworden wäre. Sie hatte sich während der Zeit in D. sehr verändert. Das schelmische Lächeln, das er so geliebt hatte, war verschwunden. Sie war reifer geworden, ernster, zynischer. Die Gedanken hinter ihrer Stirn blieben ihm verschlossen, das Gesicht war zur Maske erstarrt, kalt und leer. Mutti ist böse, flüsterte ihm Lena ins Ohr. Sei still, so was sagt man nicht. Mutti muss sehr hart arbeiten. Doch er wusste längst, dass es nie mehr so sein würde wie früher. Er hatte sich in die Arbeit gestürzt, um die Zweifel zu verdrängen. Horst hatte seinen ersten internationalen Auftrag an Land gezogen, Ferienhäuser in der Provence. Verbunden mit einem ordentlichen Vorschuss. Doch er würde seine Frau verlieren, wenn kein Wunder geschah.

Beate setzte sich breitbeinig auf den Hocker, zog ein dickes Bündel Geldscheine aus der Innentasche ihres Mantels und warf es auf den Tisch. Thomas lief es eiskalt den Rücken runter. Er wusste, was sie normalerweise verdiente. Als Antwort auf seine Fragen kam nur Lachen.

War das überhaupt noch seine Frau? Die Beate, die er schätzte und liebte? „Millionär ist, wer eine Million im Jahr ausgibt. Nicht, wer versucht, eine Million zu sparen, die er noch nicht mal hat. Ahnst du überhaupt, wie viel Geld da draußen unterwegs ist? Möchtest du dabei sein? Dann stell jetzt keine Fragen. Wir benötigen gerade dringend einen Immobilienfachmann. Du kannst morgen anfangen. Ich würde für dich bürgen. Willst du ein Rendezvous mit der Zukunft? Oder willst du versauern? Du musst dich entscheiden, jetzt und hier, heute Abend." Tausend Gedanken schossen ihm durch den Kopf. Er war Bauingenieur, kein Architekt oder gar Makler. Jedes Ding hatte zwei Seiten. Entscheidend war, auf welcher man stand. Beate stand gerade auf der anderen. Wie auf einer Eisscholle, die immer weiter vom Ufer abtrieb. „Wer in dieser Welt noch arbeitet, ist selber dran schuld." Beate hatte längst abgehoben. Doch Thomas wollte sie auf keinen Fall verlieren. Sie war seine Frau, und was sollte aus Lena werden? Nein, er musste ihr folgen. Wohin auch immer. Beates Gesichtszüge verzerrten sich zu einem diabolischen Grinsen. Property International Investigations platzierte weltweit Kapital für solvente Klienten, vorbei an Mainstream und Fiskus, in Immobilien aller Art von Bali bis Schanghai und Hamburg bis Hawaii: Wohnanlagen, Resorts, Marinas, Shoppingcenter. Durfte das denn überhaupt sein? Natürlich nicht. Deshalb gibt es ja PiEiEi. „Wenn die Kurse steigen, frisst die Gier das Hirn. Du kannst nichts falsch machen. Sie wollen kaufen, kaufen, kaufen. Egal was. Egal wie teuer. Geld spielt keine Rolle. Wer nichts hat, der borgt sich was. Du musst ihnen nur geben, was sie wollen. Alles andere braucht dich nicht zu kümmern."

Thomas musste an Lena denken. Beate hatte sie kurzerhand in ein Internat hinter den Bergen gesteckt, trotz aller Tränen und Mutti-Mutti. Natürlich in ein ausgesucht teures mit Einzelappartements und persönlichem Tutor, aber trotzdem. Sie war doch noch so klein. „Wenn aus ihr einmal etwas werden soll, wird es höchste Zeit, dass sie in die richtigen Kreise kommt. Um Stil und gehobene Lebensart zu entwickeln." Aus und Schluss. Beate konnte gnadenlos sein. Thomas schwieg. Damit sie beide ihre Leidenschaft nach Geld und Erfolg ohne jede Hemmung ausleben konnten, musste ein trauriges kleines Mädchen allein und fern der Heimat zurückbleiben. Lena, bitte verzeih mir, dass ich dein Vertrauen so schändlich missbraucht habe. Ich mache es irgendwann wieder gut. Warum bloß töten wir, was wir lieben?!

Dass es bei Property International Investigations nicht um höhere Baukunst und solide Geschäfte ging, war Thomas vorneweg klar. Doch dass er einmal aus freien Stücken mit den schwärzesten Schafen der Branche gemeinsame Sache machen würde, hätte er sich niemals träumen lassen. Seine Aufgabe bestand darin, auch die gewagtesten Vorhaben ebenso gefällig wie seriös erscheinen zu lassen. Ein Hotel auf dem Wasser? Ob das geht? Würden wir sonst hier stehen? Vertrauen Sie unserem german fachmann! Nächstes Jahr um diese Zeit feiern wir die Einweihung - mit allem Pomp und internationalen Gästen. Sichern Sie sich einen Platz in der ersten Reihe. Thomas verzauberte auch die letzten Zweifler mit wunderschönen Präsentationen in 3D und bunten Hochglanzprospekten, gab Anekdoten zum Besten und löste regelmäßig wahre Stürme der Begeisterung aus. Die Anteile waren meist mehrfach überzeichnet, noch ehe der

Verkauf offiziell begonnen hatte. Wie leicht es mit dem richtigen Auftreten war, die Menschen erst um den Verstand und dann um ihr Vermögen zu bringen! Die Leute vertrauten ihm ohne jede Bedenken Unsummen an. Beseelt vom blinden Glauben, dass er es schon richten würde. Wenn ihn das anfangs noch peinlich berührte, so beruhigte er sein Gewissen ziemlich schnell damit, dass sich hier reihenweise Spekulanten und Steuerbetrüger die Klinke in die Hand gaben, die es nicht besser verdient hatten. Er, der kleine Bauingenieur aus der Provinz, ewiger Bedenkenträger und notorische Spaßbremse, fand sich unvermittelt als gefeierter Star in der Manege wieder! Wo der Sekt in Strömen floss, begeisterte Reden im brandenden Applaus der Massen untergingen und dunkle, exotische Schönheiten beinah jeden Wunsch erfüllten. Thomas hatte alle Zweifel über Bord geworfen. Er lebte lässig und im großen Stil und schuf ganz nebenbei zeitlos formvollendete Weltkultur. Ingenieurarbeit vor laufender Kamera im Showbetrieb – ohne genaue Vorgaben und klare Ziele, völlig unscharfen Prämissen und keinerlei Sicherheiten? Widersprach das nicht allen Regeln der elementaren Vernunft und den Gesetzen der Wissenschaft? Doch es ging – und es ging sogar wunderbar. Manches musste der Mensch eben nicht verstehen, sondern einfach nur tun. Er konnte es. Blamier mich bloß nicht. Von wegen. Du darfst stolz sein auf deinen Mann!

Thomas und Beate sahen sich nur noch selten – auf einen flüchtigen Kuss am Terminal oder einen schnellen Fick im Stundenhotel. Dann ging der Tanz um den Mammon weiter. Immer schneller und schneller. Beate hatte es gepackt. Sie wollte schon immer eine Lady sein, mit Stil und Avancen, Affären und Amouren. Kleine Frau ganz groß. Sie gab ihren Gelüsten nach, in teuren Suiten und noblen Villen, nicht mit jedem, aber mit allen, die ihr auf dem Weg nach oben dienlich sein konnten. Sie war einmal gut auf diesem Gebiet gewesen, verdammt gut sogar, bevor sie geheiratet hatte, und sie würde noch besser werden, wenn sie erst in den richtigen Kreisen verkehrte. Thomas bekam davon nichts mit. Der ging in seiner Arbeit auf und war glücklich damit. Sollte er. Doch wenn er schlau war, pushte er ab und an auch mal diese verrückten Weiber und nicht bloß den Wert seiner Immobilien. Damit er endlich lernte, dass Geld Macht hieß und Macht einfach nur geil war. Diese Welt wollte betrogen werden. Sie schrie danach. Es war zum Wahnsinnigwerden. Tag für Tag gingen Riesensummen durch ihre Hände, und was hatte sie am Ende davon? Den ganzen Stress und ein paar armselige Prozente, von hochnäsigen Investoren in Gönnerlaune hingeworfen wie ein Knochen dem Hund. Sie wollte mehr. Viel mehr. Einmal nur die Bank sein, nicht bloß der Croupier.

Jedem war klar, dass das nicht mehr ewig weitergehen konnte. So sollte sie spät in der Nacht unfreiwillig Zeugin eines höchst brisanten Gesprächs werden. Vier, ihr gut bekannte Herren hatten sich im Salon der Kanzlei zusammengefunden, zu einem Whisky und einer Zigarre, wie so oft in letzter Zeit. „Was sollen wir noch mit diesen Firmen? Die sind doch eh nichts wert. Lassen wir den Turbo noch mal richtig aufheulen, und dann tschüss. Alles auf einen Schlag. Ehe der Rest der Welt das merkt, sind wir längst über alle Berge. Außer Spesen nichts gewesen. Ha ha ha." Lachend schnippten die Herren die Asche von den Zigarren und gossen sich noch mal nach. Beate schlich davon in die Dunkelheit. Ihr Kopf arbeitete fieberhaft. Was sie da gehört hatte, war absolut kriminell. Ein Verbrechen. Das müsste gemeldet werden und diese Kerle gehörten hinter Gitter. Doch wer hatte heutzutage nicht Dreck am Stecken? Bereicherte sich nicht am Elend dieser Welt? So eine Gelegenheit kam nie wieder. Das war *die* Chance ihres Lebens! Die Idee verdichtete sich zum Plan. Fast wie von selbst. Zunächst musste sie mehr über diese Leute und ihr Vorhaben in Erfahrung bringen: Um was genau es ging. Die Firmen. Das Timing. Die Einzelheiten des Ablaufs. Das alles musste furchtbar schnell gehen, und keiner durfte auch nur den leisesten Verdacht schöpfen. Diese Gangster machten kurzen Prozess. Bis zum Morgen checkte sie Konten und Börsendaten. Der Run hatte bereits begonnen. Höchste Zeit, das Spiel zu machen. Sie brauchte Geld. Viel mehr als nur ihre paar Ersparnisse. Die Treuhandkonten mit den Kundengeldern. Sie kannte die Passworte. Na los, tue es, bring es hinter dich. Zehn Sekunden Schmerzen. Zwei Millionen. Angewiesene Summen aus laufenden Geschäften. Ein kleiner Zahlungsverzug innerhalb der vereinbarten Fristen. Das fiel niemandem auf. Nur geborgt, nicht geklaut. Dieser Plan war zu frech und verwegen, als dass er schief gehen konnte. Deadline des Unternehmens Black Crusader war 23.23 Uhr westeuropäischer Zeit, also lange nach Schluss der hiesigen Börsen. Sie konnte sich ganz entspannt zurücklehnen. Der Einsatz war getätigt, die Kugeln rollten, der Champagner lag im Kühlfach, und zur Feier der Nacht hatte sie Thomas zu einem Blitzbesuch eingeladen, denn er sollte dabei sein, wenn ihre gemeinsame Zukunft abging – in der Nacht der Nächte.

Ein schäbiges Hotel mit Internetanschluss weit draußen in der Vorstadt, anonym und gewöhnlich, ohne Personal und Kameras. Ideal für das, was sie vorhatten, egal, wie es ausging. Auf dem Laptop flimmerten die Notierungen der Börse in Hongkong. Schwindelerregend hoch und verstandesmäßig nicht mehr zu fassen. Und sie stiegen immer weiter. Beate schob den Laptop auf den Nachttisch. Die meisten der ahnungslosen Aktionäre auf dieser Seite des Globus schliefen den Schlaf der Gerechten. Los, lass es uns tun. Das wird der geilste Fick unseres Lebens. Wenn du bloß nicht im entscheidenden Moment den kleinen Tod erleidest. Keine Sorge, ich habe schon ganz andere Dinge versaut. Thomas hatte lange nichts mehr gehabt. Das konnte sie spüren. Er würde sie überfluten, und das just in dem Augenblick, in dem sie den entscheidenden Mausklick ihres Lebens tätigte. Aber noch hatten sie Zeit. Zeit zu genießen. Um immer wieder lustvoll innezuhalten, zu schauen, wie weit das Fieber am Markt schon gestiegen war, um das Fieber des Fleisches weiter anzuheizen. 23 Uhr. Der Wert ihres Aktienpaketes notierte auf 10 Millionen. Sollten sie? Nein, noch nicht. Das würde nur auffallen. Außerdem ging da immer noch was. Die Spannung wurde unerträglich. Beate verharrte hoch über ihrem Mann. Ihr Dreieck küsste seinen Rhombus. Keiner füllte sie besser aus. Auch wenn es Männer gab, die es besser konnten. Thomas stöhnte leise. Noch eine winzige kleine Bewegung, und er würde explodieren, ohne jede Vorwarnung. Nun denn, lassen wir es kommen. Beate rollte geschmeidig wie eine Katze über das heiße, zuckende Stück Fleisch in ihrer kochenden Mitte. Der Körper unter ihr krampfte zusammen. Der befreite Samen schoss im selben Augenblick mit Urgewalt in die Tiefen ihres Schoßes, begleitet von einem markerschütternden Schrei der Erlösung. Die orgastischen Wellen schlugen über den erhitzten Leibern zusammen. Jaaa! Rien ne va plus! Schöner ging es nicht mehr. Und nun los, Tempo. Bedeckt vom Schweiß der Lust huschten ihre Finger mit rasender Geschwindigkeit über die Tastatur. Verkaufen, verkaufen, verkaufen. Ein erster scheuer Blick auf das mitlaufende Konto. 31.576.347,71 – wow. Sie waren genau im richtigen Moment gekommen. Nun nur noch rasch die 2 Millionen zurücküberweisen, vielen Dank und alles Gute, dann war es geschafft. Knapp 30 Millionen, sicher gebunkert auf einem namenlosen Konto auf den Cayman Islands. Neben all den hübschen großen und kleinen Investments, die sie sonst noch zu laufen hatten. Das wars. Nun konnte das Leben beginnen. Thomas und Beate klatschten sich ab.

Sie packten zusammen und verschwanden, wie sie gekommen waren, jeder in eine andere Richtung. Morgen früh würden sie beide zur Arbeit gehen, als sei nichts gewesen. Wenn der in den nächsten Tagen zu erwartende Börsenkrach dann die Welt in Chaos stürzte, konnten sie ohne Aufsehen zu erregen ganz unauffällig verschwinden, wohin sie wollten: Kalifornien, Florida, Karibik oder Andalusien. Die Welt war groß und wunderschön. Lena wollte unbedingt Diplomatin werden. Zusammen mit ihrer Freundin Olivia in der Botschaft eines exotischen Landes. So wie ihre Eltern. Die kleine Maus war so tapfer. Die ganze Zeit über hatte sie nicht einmal geweint oder verrückt gespielt. Sprach inzwischen vier Sprachen. Beherrschte die Etikette des Ostens wie des Westens. Und war auch noch stolz auf die Eltern, die sie einfach abgeschoben hatten. Nein, jetzt war die Familie dran. Vielleicht ja sogar zu viert. Gab es da nicht diese Wohnanlage an der Riviera? Wo Beate so ein Faible für alles

Französische entwickelt hatte? Wohnen zwischen Mittelmeer und Alpen, auf halbem Wege von Paris nach Rom! Schatz, du hast mich schon fast überzeugt. Vormittags auf der Piste wedeln, um abends einen kühlen Drink auf der Terrasse zu genießen und am Wochenende nach der Oper über die Boulevards zu schlendern. Zeit, das Leben endlich aus vollen Zügen zu genießen.

Ein wunderschöner, heller Morgen kündete von einem neuen Tag. Eine seltsame Stille lag in der Luft. Irgendetwas war passiert, etwas Furchtbares, noch nie Dagewesenes, etwas, das die Welt über Nacht aus den Angeln gehoben hatte. Irgendwo da draußen rollte es heran, um alsbald die Ahnungslosen zu verschlingen, die sich noch unbekümmert am Strand sonnten. Zur Frühstückszeit brach das Unheil schließlich aus allen Medien über die Welt herein. Eine Flut wüster Bilder und sich überschlagender Berichte riss die Menschen schlagartig aus ihrer morgendlichen Beschaulichkeit. Amok an den Börsen in Fernost! In wenigen Stunden Milliarden vernichtet!! Die Welt am Rande des Abgrunds!!! Einige winkten ab. Wie schon so oft in den letzten Jahren. Doch dieses Mal sollte es anders kommen. Die Wallstreet blieb geschlossen, und sie sollte neun volle Tage nicht wieder öffnen. Wie alle anderen Börsen auch. Das war mehr als ein normaler Krach. Das war definitiv das Ende der alten Welt, der Zusammenbruch des Systems, der Absturz der vertrauten Zivilisation.

Die Massen standen unter Schock. Was geschieht da gerade? Bis die ersten ganz langsam wach zu werden begannen: Was zum Teufel ist eigentlich mit unserem Geld passiert??? Das unwohle Gefühl verdichtete sich rasch zur Gewissheit. Die Banken blieben geschlossen wie die Börsen. Schon wurden die ersten Geldhäuser gestürmt, das angstvoll zusammengedrängte Personal brutal gelyncht. Wilde Gerüchte verbreiteten sich wie ein Lauffeuer. Die angestaute Angst entlud sich in wilder Raserei und mündete in grenzenlose Hysterie. Der Mob rottete sich spontan zusammen, plünderte und randalierte, griff wahllos Passanten an, setzte Autos in Brand, schlug Scheiben und Türen ein. Die Polizei war machtlos. In Windeseile verwandelte sich das gepflegte Geschäftsviertel in ein Trümmerfeld. Thomas wendete, um die Ausfallstraße nach Süden zu erreichen. Bloß weg hier. Hoffentlich war Beate inzwischen in Sicherheit. Sie hatte noch in der Nacht den Flieger genommen. In der Gegenrichtung begann sich der Verkehr zu stauen. Am Flughafen herrschte Ausnahmezustand. Glücklicherweise befand er sich wenigstens gerade auf dem richtigen Kontinent. Dort, wo sein Zuhause war. Wie komisch das klang: „Zu Hause". Die ganze weite Welt schrumpfte in diesem Augenblick auf den kleinen, zitronengelben Kubus inmitten weißer Kiesel und seltsam anmutender Bonsais zusammen. Wenn ihr bescheidenes Heim bloß unversehrt geblieben war und der Sprit bis dorthin reichte! Die Tankstellen hatten den Betrieb eingestellt. Benzin war aus. Keiner wollte mehr Geld annehmen, geschweige denn Kreditkarten akzeptieren. Die Grundlage der Zivilisation hatte sich über Nacht in Luft aufgelöst und die Menschen wie Strandgut bei Ebbe zurückgelassen. Obwohl sich im Grunde genommen seit gestern Abend nichts verändert hatte. Alles war noch da. Doch die Kraft, die diese Gesellschaft zuvor bis zur Raserei angetrieben hatte, war entwichen. Einfach so. Pfft. Wie Luft aus einem Reifen. Plötzlich hatte nichts auf dieser Welt mehr einen Sinn. Ohne das Vertrauen in die Schwerkraft der gewohnten Werte fiel die ganze hoch gelobte Ordnung, die anscheinend durch nichts erschüttert werden konnte, einfach in sich zusammen. Wie ein Kartenhaus, sang- und klanglos, ohne jede Vorwarnung.

Thomas musste den Wagen irgendwo auf offener Strecke stehen lassen. Alle Errungenschaften des Fortschritts und am Ende der Mensch selbst funktionierten nur dank allgegenwärtig verfügbarer Energie und umfassenden Service, und das hing allein am seidenen Faden der Liquidität. Mit Geld konnte man alles kaufen, was man glaubte zu brauchen. Zumindest bis gestern. Doch was eigentlich war Geld? Papier gewordenes Vertrauen, weiter nichts. Nun war das Spiel vorbei. Alle gingen heim. Mit leeren Taschen. Ohne Ausnahme. Zu sehr hatten sie die Welt mit ihren dreisten Lügen und leeren Versprechungen zum Besten gehalten. Jeder wusste, dass es so hatte kommen müssen. Nun war es soweit. Richtig so. Wer das Nichts kaufte, konnte am Ende auch nichts haben. Das war irgendwie logisch. Thomas holte das winzige City-Klappfahrrad aus dem Kofferraum. Damit kam er jetzt wenigstens nach Hause. Auf ehrliche Weise und aus eigener Kraft. Das tat gut. Es musste zwar einen ganzen Tag strampeln, aber am Abend tauchten glücklich die ersten Häuser seiner Stadt aus dem Dunkel auf. Nur noch die stockfinstere Alexisreihe runter, dann grüßten ihn altvertraut die Würfel der Siedlung im Mondlicht. Die Tränen rollten ihm über die Wangen. Wie gut, dass er Klaus und Lisa das Haus damals zur Nutzung überlassen hatte, mietfrei, obwohl Beate kategorisch dagegen gewesen war. Ob ihn die Freunde noch kannten? Ein komisches Gefühl, an der eigenen Tür zu läuten. Schritte im

Flur. Wer da? Ich bin's, Thomas. Das Schloss schnappte. Er fiel Klaus in die Arme, wortlos. Er war zu Hause, wirklich, endlich und wahrhaftig zu Hause.

Der große Schock hatte um seine Heimatstadt keinen Bogen gemacht. Ausschreitungen und Zerstörungen größeren Ausmaßes hatte es nicht gegeben. Doch alle Banken und die meisten Geschäfte waren geschlossen. Die Menschen begannen gerade, ihre schützenden Hüllen aus Stein, Blech und Vorurteilen zu verlassen. Wenn der Kühlschrank leer war und der Supermarkt geschlossen blieb, würde bald allen bewusst werden, dass es nichts mehr gab. Der offene Kampf ums nackte Überleben konnte jeden Augenblick ausbrechen. Noch gab es einige Bereiche, die leidlich funktionierten. Es kam Wasser aus der Leitung und Strom aus der Steckdose. Weil es Menschen gab, die aus Pflichtgefühl oder Gewohnheit weiter ihren Dienst versahen. Oder Computer. Doch irgendwann waren die Reserven aufgebraucht, und dann gingen die Lichter aus, endgültig. Wenn sie nichts dagegen unternahmen. Sie alle. Gleich am nächsten Morgen radelte Thomas zu seinen Eltern. Zum Glück waren sie gesund und munter, und sie verfügten sogar noch über einige Vorräte. Die Bewohner der Siedlung hatten die kleine Kaufhalle gleich am ersten Tag besetzt. Auch wenn die Bestände nicht ewig reichten, die nächsten Tage waren gesichert. Dann mussten sie weitersehen: Felder und Bauernhöfe plündern, sich umhorchen, aktiv werden. Es gingen Gerüchte um, dass sie die Ställe geöffnet und die Tiere freigelassen hatten, damit sie nicht verhungerten. Außerdem gab es die Forellenzucht am See. Die mussten sie sichern. Und nebenbei die eigenen Gärten bewachen.

Gegen Ende der Woche traf Beate ein, abgemagert und völlig erschöpft, nach einer Odyssee um die halbe Welt. Sie fiel wortlos auf die Couch und blieb einfach liegen. Alles, wofür sie beide gekämpft, gestritten und so viel geopfert hatten, war verloren, einfach weg, im Eimer. All die schönen Anlagen, Investments und Anteile, das ganze schöne Geld, alles futsch. Beate stand kurz davor, den Verstand zu verlieren. Sie hätte Schluss machen und ins Meer springen können. Oder irgendwo untertauchen, um dort zu überwintern. Aber sie war unter größten Mühsalen heimgekehrt, in die langweilige Stadt, das kleine Haus, den Schoß der Familie. Das tat unheimlich gut. Thomas küsste sie auf Stirn und Augen. Seine kleine Kämpferin. Sie brauchte nur etwas Ruhe. Und die Geborgenheit seiner starken Arme. Alles andere wurde wieder. Wenn es nur Lena gut ging. Er wusste nicht einmal genau, wo sich seine Tochter gerade befand. Im letzten Telefonat hatte er gerade noch erfahren, dass sich die restliche Crew des Internates mit den verbliebenen Kindern zu einem Bauernhof hoch in den Bergen durchgeschlagen hatte. Der Winter rückte unaufhaltsam näher, und es gab noch immer kein einziges Lebenszeichen. Er stand dicht davor, auf eigene Faust loszuziehen und sein Kind zu suchen, koste es, was es wolle. Doch es war nicht die Zeit, dem Ruf seines Herzens zu folgen.

Für Lena war gesorgt, davon durfte er ausgehen. Und er wurde hier gebraucht, dringend. Nichts deutete darauf hin, dass sich die Lage schnell normalisieren und bald wieder der gewohnte Alltag einziehen würde. Die meisten Menschen warteten ab. Verwöhnt nach so vielen Jahrzehnten sorglosen Lebens in verschwenderischer Fülle hatte niemand mehr eine Vorstellung von einem einfachen Leben. Kaum jemand verfügte noch über einen Ofen oder gar Herd, den man mit Holz feuern konnte, und in den Gärten standen nur noch Koniferen, hübsch arrangiert zwischen Pools und Rasenflächen. Thomas dachte an seine geliebten Goldmünzen. Sicher verwahrt fern in der Schweiz. Geschenkt. Die halfen ihm ebenso wenig weiter wie seine anderen Investments. Sie können gern herkommen und bei uns arbeiten, unsere Tür steht Ihnen immer offen – das stolze Hotel, das er zuletzt in Thailand mit auf den Weg gebracht hatte, wurde gerade in eine Mietwohnanlage umfunktioniert. Luxus war Geschichte. Auch im Paradies ging es nur noch um das nackte Überleben. Nein, sie mussten sich der Not hier und jetzt stellen, dort anpacken, wo sie hingehörten. In dieser Stadt, zwischen diesen Leuten, mit den vorhandenen Möglichkeiten.

Thomas dachte an seinen Freund Axel. Die einzige Investition in der ach so langweiligen Heimat. Dank seiner Hilfe hatte er damals den Bauernhof kaufen können, mitsamt den dazugehörigen Flächen. Die gehörten nominell immer noch ihm. Was aber galt das Grundbuch in Zeiten wie diesen? Wenn du denkst, du kriegst was geschenkt, bloß weil du irgendwann den lieben Onkel markiert hast, dann täuschst du dich gewaltig. Schon kamen ein paar kräftige Gestalten bedrohlich näher. Doch Thomas wollte nichts geschenkt haben. Dein Stall braucht dringend ein neues Dach, und du wirst anbauen müssen. Für das, was noch kommt. Außerdem habe ich drei Pferde gesehen, die du sicher gut gebrauchen kannst. Wollen wir uns die nicht holen? Ehe andere kommen und Buletten draus machen? *Wir.* Axel schaute ihn misstrauisch an. Seit wann interessierst du dich für Pferde? Das Eis begann zu tauen. Thomas kannte eine Menge Leute. Das konnte von Nutzen sein. Axel wuchs das Organisieren jetzt schon über den Kopf. Na, was ist? Auf geht's, Cowboy! Sie kamen als Freunde zurück. Felder und Vieh hatten ein Gesicht bekommen – und das war gut so. Normalität war das, was sie selbst aus ihrem Leben machten!

Thomas dachte an seine Eltern. Sein Vater kannte das Leben auf dem Lande ebenso wie Zeiten bitterer Not. Die Kohlernte stand vor der Tür. Landarbeit war Handarbeit. Genug zu tun für eine Menge Leute. Der Hof lag weit genug draußen, um halbwegs sicher vor Dieben zu sein. Ansonsten gab es genug Männer, um das Gesindel zu verscheuchen. Wer kam, um zu arbeiten, durfte bleiben und bekam zu essen. Das sprach sich schnell herum. Die Leute standen Schlange. Thomas war in seinem Element – organisieren und vermitteln. Ein Netzwerk freiwilliger Initiative und neu geknüpfter Beziehungen spann sich über das tote Land wie die Ranken frischen Grüns über die Asche nach einem verheerenden Brand. Jeder kannte einen, und alle rappelten sich nach und nach wieder auf. Einfach nur, um weiter zu leben. Vielleicht auf eine völlig neue, nie gekannte Art und Weise. Aus Hoffnung keimte Neugier und schließlich Zuversicht. Der Anfang war gewagt. Vor Fehlern war niemand gefeit. Der Lohn des Mutes hieß Erfolg und ein Stück mehr gesichertes Leben, und mit der Gewissheit auf dem Weg wuchs die Begeisterung für eine Zukunft jenseits ausgetretener Pfade.

Zu Weihnachten saßen sie das erste Mal alle gemeinsam um den festlich geschmückten Tisch. Zur Feier des Tages gab es Kaninchenbraten – aus eigener Zucht. Wie durch ein Wunder war Lena kurz zuvor überraschend heimgekehrt, mit großem Gefolge wie eine richtige Prinzessin. I ka a Kuah melkchen! I bin dahoam, wo a die Leni dahoam is. Die Resi aus den Bergen wollte ihrem Schützling nicht von der Seite weichen, überglücklich darüber, endlich irgendwo angekommen zu sein. Jeder brauchte einen Ort, wo er daheim war. Irgendwann. Früher oder später. Resi ebenso wie Olivia. Ihre Eltern waren in Venezuela interniert worden und sahen ihre Tochter vielleicht nie wieder. Bitte Papi, bitte, bitte, bitte. Olivia ist auch ganz lieb. Und meine allerallerbeste Freundin. Einem Blick aus diesen großen schwarzen Knopfaugen konnte ohnehin niemand widerstehen. Es gab so viel wiedergutzumachen, und es war schön, Menschen eine Heimat und Hoffnung zu geben. So wie es gut tat, Menschen zu vergeben. Auch und gerade Beate, die langsam wieder auferstand aus der tiefen Umnachtung ihrer Seele. Noch lagen die bleichen Schatten des scheidenden Winters auf ihren hohlen Wangen. Doch so, wie sich ihr Leib gerade unübersehbar zu wölben begann, kehrte die Hoffnung auch in ihr Leben zurück. In dieser Welt fand jeder einen Platz. Und wenigstens eine Erinnerung an die verrückteste Nacht ihres Lebens war ihnen geblieben. Damit die Welt eine Zukunft hatte.

Philine Eschke-Scheubeck

Warten auf Nebukadnezars Traum

Cannabis ist harmlos, heißt es immer. Ich hatte sogar den Eindruck, das Zeug wirkt bei mir überhaupt nicht. Jedenfalls hatte ich es schon einige Male erfolglos probiert. Ich hatte auf einer Party diese Plätzchen genascht, am Lagerfeuer an Joints gezogen, und bei einer Kräuterfrau einen, ach so gesunden, Hanftee geschlürft. Jedes Mal war ich enttäuscht, jedes Mal wurde mir nur mehr oder weniger ein bißchen übel, aber die viel gepriesene alberne, ausgelassene Stimmung, die bunten Farben, die totale innere Befreiung, die Bewußtseinserweiterung, den Zugang zu phantastischen Geisteswelten, all das eröffnete sich mir nie. Jedes Mal wurde mir dann erklärt, was ich möglicherweise alles falsch gemacht haben könnte, und daß man die genaue Dosis nehmen müsse.

Ich hatte gerade einen neuen Lover kennengelernt. Er war anständig, aber auch nicht zu spießig, der war der Sache gegenüber aufgeschlossen. Mit ihm zusammen wollte ich endlich einen schönen Hanfrausch erleben, so wie mir immer vorgeschwärmt wurde.

Ich hörte mich bei Bekannten von Bekannten nach „Maria Johannas" Freunden um, bis ich im Dunstkreis von Bekannten Bekannte fand, die mir ordentliches Zeug besorgen wollten. Man empfahl mir Shit, das wirke zuverlässig. Ich bekam die genaue Gebrauchsanweisung, einige Rezepte und eine auf hundertstel Gramm genaue Waage. Von den Kochideen war ich begeistert. Ich wußte gar nicht, daß man mit Drogen lecker kochen kann! Aber irgendwie war mir das alles zu kompliziert. Ich wollte ja kein Gourmet-Dinner starten, sondern mich einfach lustig zudröhnen. Ach ne, ich sollte lieber sagen, mich in geistig höhere Dimensionen beamen oder mich wenigstens albern herumkugeln. Mein neuer Freund spekulierte wohl eher auf erotische Höhenflüge. Wir veranstalteten also kein großes Kochbrimborium, sondern kochten simple „geshittete" Kakaomilch. Laut Gebrauchsanweisung sollten wir uns auf irgendeine Weise positiv auf den Trip einstimmen. Wir machten es uns auf dem Sofa gemütlich, legten einen Blödelfilm von Otto ein, genossen unseren leckeren Kakao und harrten gespannt der Dinge, die da kommen sollten. Wir warteten und warteten; der Film war langweilig; es war ja eine alte Kamelle; Erotik erhitzte auch nicht unsere Gemüter, gleich war eine Stunde um, und, wie sollte es anders sein, das Zeug wirkte nicht. Mir war wieder nur ein bißchen übel. Ich hatte einen gewissen dumpfen Druck im Kopf. „Scheiße, 40 Euro umsonst für den shit Shit ausgegeben", fluchte ich. Es war erst früher Abend, noch nicht mal dunkel. Da es meinem Freund aber ein wenig wie besoffen zumute war, beschlossen wir, einfach nur pennen zu gehen.

Zu Sex hatte ich nun gar keine Meinung, ich wollte nur meinen Frust und die Kopfschmerzen wegschlafen. Ich drehte mich zur Seite und versuchte einzuschlafen.

„Bumm", ein Schalter wurde in meinem Kopf umgelegt. Jedoch kein angenehmes Gefühl machte sich breit, nein, es wurde nur noch dumpfer im Schädel, meine Zehen und meine Finger kribbelten unangenehm, meine Hände und Füße wurden kalt, und dann – was war das?

Ich spürte meine Hände und Füße nicht mehr. Jetzt kroch die Kälte die Arme und Beine hoch. Meine Waden, meine Unterarme waren faktisch nicht mehr existent, mein Körper war schwer wie Blei, ich wurde panisch. Die

Kälte kroch unaufhörlich weiter an mir hoch. Ich war bewegungsunfähig. Ich fühlte meine Arme und Beine nicht mehr. Mein Entsetzen wuchs. Was würde geschehen, wenn die Taubheit von den Beinen her meinen Unterleib erreicht? Würde ich dann einmachen? Ich war verzweifelt, aber man sollte ja nicht dagegen ankämpfen, hatte man mir gesagt. Ich war völlig ratlos. Was sollte ich tun. Ich will doch nicht in die Hosen machen! Ich rief nach dem Mann neben mir im Bett. Glücklicherweise schlief er noch nicht. Ihm war zwar etwas übel, aber ansonsten war mit ihm alles okay. Mit schwerer Zunge schilderte ich ihm meine Lage. Schluchzend bereitete ich ihn vor, daß ich wohl ins Bett machen würde. Ich war völlig hilflos, wie eine schlaffe Lumpenpuppe lag ich da. Mein Freund war entweder total cool oder zu benebelt. Jedenfalls reagierte er völlig easy. Er streichelte mich und redete beruhigend auf mich ein. Ich konnte mich tatsächlich etwas entspannen und wartete – die drohende Peinlichkeit blieb aus. Die Kälte stoppte genau am Oberschenkel. Das Unheil kam jedoch von der anderen Seite. Die taube Kälte hatte sich an meinen Oberkörper herangeschlichen. Mein Herz begann zu kämpfen. Aber ich fühlte es noch. Meine Lunge begann zu krampfen, aber ich fühlte sie noch. Aber wie lange würde mein Herz durchhalten? „Ich will nicht sterben!", durchfuhr es mich. „Ein Arzt, wir müssen eine Arzt anrufen! Scheißegal, ob wir wegen des Haschischzeugs in den Knast kommen oder nicht, ich will nicht sterben!" Nur mühsam brachte ich heraus: „Notarzt, Notarzt, mein Herz!"

Mein Freund antwortete nicht, er war wohl doch zu benommen. Er starrte mich nur neugierig an. Ich hatte das Gefühl, der Atemreflex würde gleich aussetzen. Das Atmen, das Heben des Brustkorbes fiel mir unheimlich schwer, ich mußte mich aufs übelste darauf konzentrieren. „Was mach ich jetzt, was mach ich jetzt?" Dann hatte ich die rettende Idee: Den Babys wird doch nach der Geburt auf den Po geklopft, damit sie schreien, und sie darauffolgend zwangsläufig tief einatmen müssen und so der Atemreflex in Gang kommt. Ich brüllte also los: „Oooaaah, es funktioniert, es funktioniert! Hhhäh." Ächzend zog meine Lunge die Luft ein. Der Brustkorb weitete sich, es krampfte weniger! Mein Herz schlug hart gegen die Brust, aber es schlug! Durch mein Gebrüll war auch mein Freund auf die Erde zurückgekehrt. Er hatte mich wohl doch verstanden, jedenfalls torkelte er ans Telefon, wählte 115 und lallte unser Problem in den Hörer. Der diensthabende Arzt am anderen Ende der Leitung maulte ihn voll, er wollte später vorbeischauen; mein Freund legte auf. Derweil brüllte ich vor jedem Atemzug: „Oooaaah." Ich brüllte, atmete, brüllte, atmete, …

Der Arzt kam nicht. Nach zirka einer halben Stunde besserte sich mein Zustand. Ich schöpfte wieder Hoffnung: „Ich werde leben! Einfach nur meinen Drogenrausch ausschlafen – dann wird alles gut." Mein Freund war froh, daß alles glimpflich ablaufen würde, er haute sich wieder hin und löschte das Licht – das hätte er nicht tun sollen. Denn inzwischen war es dunkel. Ganz dunkel. Weltallschwarzdunkel. Ich fühlte das Bett nicht unter mir. Losgelöst von aller Körperlichkeit schwebte ich frei im Raum. „Oh Gott, es ist mein Verstand, meine Seele, die im Weltall überm Zimmer schwebt! Ich bin nur noch mein Verstand! Im Bett liegt verlassen meine seelenlose Hülle!" Ich sah auf mich herab. Blöde, mit offenem Mund starrte ich zu mir hoch. „Oh Gott, bitte nicht! Ich muß zurück in meinen Körper!" Gleichzeitig war mir bewußt, daß das alles nur Einbildung ist. „Aber wissen auch die anderen, daß man seinen Körper nicht verlassen kann? Wenn man meinen Körper nun morgen so leblos daliegend findet? So völlig verblödet ohne Verstand im Gehirn? Dann denken die, ich bin im Koma. Dann bringen die mich weg in ein Krankenhaus oder in die Irrenanstalt! Und dann kann ich doch nicht mehr zurück in meinen Körper, dann finde ich doch den Weg nicht mehr! Ich muß unbedingt so schnell wie möglich in mein leeres Gehirn zurück!", schlußfolgerte mein drogenumnebelter Verstand. Ich konzentrierte mich, ich tastete im Universum nach der Nabelschnur, die meine Seele und meinen Verstand wieder in meinen Kopf leiten sollte. Zwischendurch lief ich immer Gefahr einzuschlafen. Das durfte nicht passieren, dann wäre ich verloren. Aber ich schaffte es. Eine zarte Lichtschnur leitete mich nach Hause in meinen Körper. Ich war wieder da. Ich fühlte die Bettmatratze unter mir. Nun ist alles gut, glaubte ich. Aber das Martyrium sollte noch nicht ganz zu Ende sein. Jetzt wurde mir übel, so richtig übel. Ich mußte dringend zum Klo. An Aufstehen war nicht zu denken; mein Körper war völlig kraftlos. Ich ließ mich aus dem Bett fallen und kroch und robbte zur erlösenden Kloschüssel. Eine Tasse Kakao hatte ich getrunken, gefühlte fünf Liter spie ich aus, dann robbte ich zurück und kletterte in mein Bett. Es dauerte nicht lange, dann hob sich mir schon wieder der Magen.

Erneut rollte ich mich aus dem Bett und kroch zum Klo. Danach kletterte ich wieder ermattet ins Bett. Als ich mich das nächste Mal übergeben mußte, blieb ich gleich vorm Klo liegen. Ich war einfach zu schlapp, um andauernd hin und her zu kriechen. Mein Freund brachte mir ganz ritterlich das Federbett und Kissen in den Flur

vorm Klo und gemeinsam warteten wir auf die Erlösung
von Nebukadnezars Traum.

Peter Gehre

DIE GRÖSSTE SHOWNUMMER MEINES LEBENS

Hinter den Kulissen einer großen TV-Produktion

Der Anfang

Im April des Jahres 2012 sollte eine unglaubliche Geschichte ihren Anfang nehmen, an die ich immer sehr gerne zurückdenken werde. Ein befreundeter Autor, Tilo Buschendorf, offenbarte mir, daß in meinem Heimatort Spergau eine besondere TV Produktion in unserer Jahrhunderthalle geplant sei. Das Fernsehen des MDR wolle eine große Unterhaltungsshow produzieren. Und dazu würden Talente mit außergewöhnlichen Leidenschaften aus der Region gesucht. Neben den Spergauer Flachlandfinken, einer Blasmusikkapelle mit enthusiastischen jungen Leuten, fand man noch den Spergauer Mühlenverein und der dritte Kandidat könnte womöglich ich mit meinem Weltbild-Zyklus sein.

Wenige Tage später durfte ich dann den Produzenten Peter Ringleb von Saxonia Entertainment und Mario Süßenguth, freier Mitarbeiter des Mitteldeutschen Rundfunks, in meiner MAVIS-Galerie empfangen. Ich konnte die beiden nach wenigen Minuten sichtlich beeindrucken. Ich male immerhin von jedem Land der Erde ein Bild in Öl in einer Größe von 70 mal 100 Zentimetern. Und da die Bilder alle visuell ineinander übergehen, das Ende des einen ist der Beginn des nächsten, wie Länder ohne Grenzen im Prinzip, war der Eindruck, den ich hinterließ, spürbar. Außerdem waren immerhin schon 81 Länder fertig. Nach wenigen Augenblicken und ein paar Erläuterungen meinerseits war für den Produzenten Peter Ringleb klar: „Das machen wir. Hättest du erst 12 Stück fertig, hätte ich gesagt, das schafft der nie." Denn es sollen einmal 192 Bilder entstehen. Ich glaube, ich hatte die beiden mit meiner Begeisterung für die Sache in meinen Bann gezogen, denn immerhin male ich daran schon seit zehn Jahren.

Übrigens, hatte ich schon erwähnt, um welche Produktion es sich handelte? Es sollte tatsächlich die zweite Show einer Serie von Spergau aus deutschlandweit und darüber hinaus live auf Sendung gehen. Inzwischen ist schon die sechste Show abgedreht und die Sendung wird immer erfolgreicher, was die Einschaltquoten beweisen, und auch das Preisgeld für den Sieger wurde erhöht. Ist nun klar, um welche Fernsehsendung es sich handelt, in der ein Goldbarren keine unwesentliche Rolle spielt?

Die Suche nach der Patin

Inka Bause Live war eine Woche lang in Spergau und ich war dabei, eine ganze Woche lang. Allerdings mußte ich erst noch ein paar andere Probleme klären. Auch ich zähle noch zu den Künstlern, die leider nicht von ihrer Kunst leben können. Ich male zwar in meiner Freizeit viele Bilder, habe zwei Bücher veröffentlicht, ein selbstkreiertes Kartenspiel produzieren lassen, organisiere Events, plane Lesungen, unterhalte eine eigene Galerie, mache Führungen und lasse keine Gelegenheit aus, Verbindungen zu knüpfen, um meine Kunst und vor allem THE WORLD UNION VISION, so der Titel des Weltbild-Zyklus, für welchen ich auch eine eigene Stiftung gegründet habe, bekannt zu machen und zu bewerben. Ich habe zum Beispiel Alia al Hussein von Jordanien getroffen, oder ich habe mich an die Bill & Melinda Gates Foundation gewandt. Also, ich schrecke wirklich vor nichts zurück, denn ich habe einen absoluten Traum, den Inka Bause während der Liveshow auf ihre charmante Weise aus mir herausgekitzelt hat. Der Bau eines Rondells wäre natürlich die optimale Lösung, um mein Lebenswerk würdig präsentieren zu können. Doch mein Problem im Moment bestand erst einmal in meiner Arbeit als Operator im Schichtbetrieb. Die Leute in meinem Team halfen mir und auch teamübergreifend wurde ich unterstützt, denn mir war klar, diese Nummer, mein Weltbild einer breiten Öffentlichkeit zu präsentieren, konnte ich mir auf keinen Fall entgehen lassen, denn immerhin hatte die Show eine Einschaltquote von einer Million Zuschauern. Dafür hätte ich zirka 5000 Ausstellungen organisieren müssen, wie ich später einmal ausgerechnet habe. Alles war organisiert, es durfte nur nichts dazwischenkommen, ein Ritt auf der Rasierklinge. Mitte Mai hatten sich Peter Ringleb und Mario Süßenguth noch einmal in meiner Galerie angemeldet. Es sollten letzte Absprachen über das Konzept und den Ablauf getroffen werden und auch ein Trailer wurde gleich vor Ort aufgenommen. Es wird also eine Unterhaltungsshow werden, von Schlager bis Rock, von Tanz bis Artistik und dazwischen die drei außergewöhnlichen Talente, die um das GOLD DER INKA wetteifern sollten. Für jeden Kandidaten wurde ein Prominenter der Show als Pate gewonnen. Nur für mich waren sich die Macher noch nicht einig. Sie nahmen mit Wolfgang Niedecken von BAP Kontakt auf, der sehr gut zu mir gepaßt hätte, schließlich malt er auch und hat eine ähnliche Lebenseinstellung wie ich, doch BAP war auf Tour. Ich lernte Wolfgang Niedecken dann trotzdem noch auf der Loreley durch meinen Freund Peter Rüchel, alias Mister Rockpalast, im September 2012 kennen. Auch das war eine wundervolle Begegnung.

Dann hatte das Entertainment noch Kontakt zu Udo Lindenberg aufgenommen. Auch das wäre eine interessante Mischung geworden mit seinen Likörellen und seiner gesunden Lebenseinstellung, aber auch er sagte ab, da er gerade seine Tour beendet und sich in Hamburg in das Hotel Atlantik zurückgezogen hätte und sich in einer Eierlikörphase befände.

Nun sah ich meine Chance kommen und fragte Peter Ringleb, ob ich eventuell einen Vorschlag machen dürfte. Ich hätte da so eine Idee. Da bekannt war, daß Nicole, ja, die Ein-bißchen-Frieden-Nicole, bei der Show auftreten sollte, meinte ich, daß der Grand Prix Song von 1982 hervorragend zu meiner Weltvereinigungsvision passen würde. Der Produzent meinte: „Ja, da sind wir noch gar nicht drauf gekommen. Ich werde sie fragen." Später stellte sich heraus, daß Nicole es machen würde und es paßte nicht nur der Song, sondern auch der Mensch Nicole. „Zwischen uns gibt es eine gewisse Seelenverwandtschaft. Was ich in Liedern auszudrücken versuche, macht er in Bildern", meinte sie später.

Ja, und nun noch die Sache mit dem Trailer. Eigentlich war es ganz einfach. Wir stellten ein Bild auf die Staffelei, ich nahm Palette und Pinsel in die Hand und sollte nur kurz eine Minute lang für meinen Beitrag werben. Okay, die Kamera machte mir nichts aus, aber aus einmal wurde zweimal und Mario Süßenguth meinte: „Wir drehen es auch fünfmal. Es muß nur in einem Guß kommen ohne Schnitt." Ich glaube, wir haben es zehnmal gedreht. Wenn man irgendwo hängt, dann immer an der gleichen Stelle. Es sollte ja auch nicht einstudiert klingen, sondern ein bißchen spontan. Schließlich war es im Kasten und wurde dann vier Wochen lang vor der Sendung im Internet präsentiert. Das Ganze diente dazu, daß die Leute für den aus ihrer Sicht besten Beitrag ihre Stimme abgeben konnten.

Vorbereitungen in Berlin

Nun kam die Zeit für die letzten Vorbereitungen immer näher und ich malte noch das Bild Nummer 82 fertig. Nummer 83 sollte der Star des Abends werden. Die 82 Bilder sollten von Kindern in die Halle getragen werden und in Dreierreihen, ähnlich wie in meiner Galerie, präsentiert werden, eine ganz besondere Herausforderung, vor allem für die Requisite, was Andrea Ungethüm – der Name ist Programm im positiven Sinne – an den Rand der Verzweiflung brachte. 82 Kinder zu betreuen und auf 82 Ölgemälde aufzupassen und dabei nicht die Kontrolle zu verlieren, denn die Show ging live über den Sender, also durften keine Fehler passieren, was raus ist, ist raus, war eine Meisterleistung der besonderen Art. Inka Bause Live sollte am Freitag, dem 29. Juni 2012, um 20.15 Uhr, über die Ü-Wagen des MDR in die Welt hinausgeblasen werden und in der letzten Woche davor nahm der Wahnsinn seinen Lauf und ich war jeden Tag vor Ort. Anfang Juni war ich allerdings noch mit Freunden in Berlin zu einem Konzert von Slash (Guns N' Roses – Slash). Kurz davor rief mich der Aufnahmeleiter Daniel Dittrich vom MDR an, ich müsse schon am Mittwoch vor der Show zur ersten Probe im Auftritts-Outfit da sein. Kein Problem. Wenig später rief mich die Requisite namens Yvonne Beccard an, ein Wirbelwind hinter den Kulissen und eine ganz nette Person, wie ich später feststellen durfte. Sie wollte die Bilder auch schon am Mittwoch in die Halle transportieren, doch das ging nicht. Es war nämlich geplant, daß meine Patin Nicole am Donnerstag zu mir in meine Galerie kommen sollte, um gemeinsam einen Trailer für die Show zu drehen, wie sie beim Malen am 83. Weltbild ist. Wenig später rief mich die nette Yvonne wieder an und meinte, sie bräuchte eine Liste der 83 Länder. Kein Problem. Daraufhin wurden 83 Pappen in der passenden Größe mit den jeweiligen Ländernamen für die erste Probe angefertigt. Es wurden also keine Kosten und Mühen gescheut, um eine perfekte Produktion hinzubekommen.

Im Internet lief inzwischen der Trailer für das Voting. Ich war nicht ganz zufrieden mit mir, aber das ist man ja nie. Bei so einer großen Produktion dabeisein zu dürfen, war für mich schon eine besondere Sache und der sportliche Charakter sollte überwiegen. Dabeisein ist alles. Doch inzwischen überkam mich auch der Ehrgeiz, den schönen Goldbarren gewinnen zu wollen. Er würde sich bestimmt gut machen in meiner Galerie, träumte ich. Ich nervte über meinen E-Mail-Verteiler mit immer neueren Bekanntmachungen, um auf mich aufmerksam zu machen. Hinter meinen Verbindungen standen wiederum große Verteiler und somit hoffte ich, daß alles gutgehen würde. Nach dem fünften Rundschreiben bat ein flüchtiger Bekannter mich, ihn aus dem Verteiler zu löschen, was ich natürlich sofort tat. Aber das hielt mich in keiner Weise davon ab weiterzumachen. Wenn ich mich entschlossen habe, etwas zu wollen, dann geht's auch mal durch die Wand.

Das Bild Nummer 100

Als mich meine liebe Loreley wieder einmal besuchte, erzählte ich natürlich die ganze Geschichte mit dem Voting und bat sie, mir zu helfen, was sie natürlich gern tat. Inzwischen hatte ich auch schon Bild Nummer 100 angefangen, denn das sollte etwas ganz Besonderes werden. Schon zu Beginn hatte ich festgelegt, daß Bild 100 Deutschland werden wird. Ähnlich wie Alfred Hitchcock, der in seinen Filmen hin und wieder durch das Bild lief, mußte ich bei meinem Weltbild ja auch mal auftauchen. Das Motiv hatte ich schon früh in meiner zweiten Heimat gefunden. Es ist das Mittelrheintal um den sagenumwobenen Loreley-Felsen. Als ich meine lebende Loreley kennenlernte, war völlig klar, daß sie mit auf das Bild mußte. Wir fuhren hin, machten Fotos, damals war noch alles in Arbeit, denn erst am 21. August 2013 ist dieses besondere Bild fertiggeworden. Eine Woche später ist es dann feierlich in meiner Galerie enthüllt worden. Das Datum hat natürlich eine Bedeutung, was aber hier nicht verraten wird. Irgendwie wollte ich auch meine Loreley mit in die Show bringen oder das Deutschland-Bild, aber das gelang mir nicht. Man kann eben nicht alles haben. Zumindest war meine Loreley live mit im Publikum und es sollten noch ganz interessante Sachen passieren.

Der Aufbau beginnt

Bereits am Samstag der Vorwoche waren die ersten Bühnenarbeiter angereist und begannen, die Jahrhunderthalle komplett umzubauen. Die gesamte Halle sollte Bühne werden, eine Doppelbühne, und das Publikum sollte auf einer Tribüne gegenüber sitzen, knapp 600 Plätze. Es wurden Stahlträger in die Halle geschleppt, der gesamte Fußboden verkleidet, und mich faszinierte es, einmal hinter die Kulissen einer großen Fernsehproduktion gucken zu können. Einige Bühnenarbeiter und Arbeiterinnen, ja, es waren auch Frauen dabei bei dieser schweren Arbeit, lernte ich dann im Gasthof „Zur Linde" kennen, und es waren alles nette, umgängliche Personen.

Am Sonntag kamen dann noch mehr Leute, die sich mit der Bühne befaßten und am Montag kam die gigantische Scheinwerferanlage. Zum Schluß waren es etwa 200 eifrig wirbelnde Menschen, die sich mit der Produktion beschäftigten. Für die Stahlkonstruktion, die an der Hallendecke 270 Scheinwerfer aufnehmen mußte, wurde extra die Belastbarkeit der Hallendecke neu berechnet, um die tonnenschwere Last tragen zu können. Ich lernte nun auch den Mann kennen, der diese riesige Anlage vermietet, natürlich bei einem Glas Bier. Er verschanzte sich hinter einem gewaltigen Mischpult und mehreren Computern. Fast alle der Schweinwerfer waren beweglich, wie das heutzutage so üblich ist.

Als die meisten Bühnenarbeiter, Beleuchter, Kameraleute, Requisiteure, Aufnahmeleiter, Produzenten und der Regisseur nach dem Frühstück in der Halle ankamen, war ich meistens schon da. Nach zwei Tagen kannten mich schließlich alle, wobei auch mein etwas ungewöhnliches Outfit hilfreich war. „Es macht einfach nur Spaß, mal hinter die Kulissen einer so großen Produktion schauen zu dürfen", erklärte ich dem Produzenten Peter Ringleb, der mir auch sehr sympathisch war. Und ich durfte, überall hin, unterhielt mich mit allen, die mir über den Weg liefen, und ich bemerkte eine durchorganisierte stressige und dennoch entspannte Atmosphäre, wobei jeder wußte, was er zu tun hatte. Es brüllte niemand herum, und es gab scheinbar niemals Streit, wobei ich natürlich nicht wissen konnte, was während der täglichen internen Besprechungen ablief, die mir natürlich verborgen blieben.

Der Mittwoch rückte nun langsam immer näher und am Abend sollte die erste Probe anlaufen. Für die 82 Kinder, die meine 82 Bilder in die Halle tragen würden, um sie mit mir auf der Bühne zu präsentieren, gab es noch einige organisatorische Schwierigkeiten. Es mußte eine schriftliche Einverständniserklärung, auch so ein tolles Wort wie Taubenfütterungsverbotsverordnung, der Eltern vorliegen. Außerdem mußte die Schule informiert werden und auch vom Arzt mußte eine Bestätigung vorliegen, daß alles in Ordnung ist für jedes einzelne Kind, und das zwei Tage vor der Show. Schließlich waren am Abend nicht mal 50 Kinder da. Na gut, dann muß es erst mal so gehen, „aber am Freitag sind sie vollzählig." „Aber selbstverständlich", wurde mir versprochen. Eigentlich bringt mich nicht so schnell etwas aus der Ruhe, aber in Anbetracht dieser großen Gelegenheit, fast die Hälfte meiner Weltbilder in einer großen Fernsehshow auf einer großen Bühne zu sehen, wurde ich schon etwas nervös. „Wir brauchen am Freitag 82 Menschen und das können auch Erwachsene sein", meinte ich. „Egal wer sie trägt, die Bilder müssen auf die Bühne."

Und nun die erste Probe. Inka war auch schon da. Ich wurde ihr vorgestellt und ihre aufgeschlossene lockere Art machte sie mir sofort sympathisch. Und was mir auch gleich auffiel, sie war mindestens genau so groß wie ich, was im Fernsehen immer ein bißchen anders aussieht. Live ist eben live. Dana Berlin von der Produktion brachte mir die versprochenen zwei VIP-Karten für meine Loreley und für mich, nicht daß aus Versehen noch jemand mich als Beteiligten aus der Halle entfernt. Die Security ist manchmal auch so ein Ding für sich, aber an dem Produktionsabend gab es auch da nur Positives zu berichten. Alle 82 Pappen waren von Yvonne vorbereitet, obwohl wir nun gar nicht soviel brauchten, leider. Der Regisseur Utz Weber war nun auch da und saß hinter mehreren Monitoren in der Mitte der Tribüne, darüber die Leute für den Ton hinter riesigen Mischpulten, daneben der schon erwähnte Herr über Hunderte von Scheinwerfern. Wenn man übrigens mal hinter der Bühne von der einen Seite auf die andere mußte, lief man über einen Teppich von Kabeln.

Die erste Probe

Und nun ging es los. Musik wurde eingespielt, in der Halle wimmelte es von Menschen, die alle etwas anderes zu tun hatten. Einige Stars waren schon da. Und von den Leidenschaftlern aus Spergau sollten die Flachlandfinken beginnen, ich hatte den zweiten Part vor dem Mühlenverein. Es lief alles schief, was nur schiefgehen konnte. „Das ist normal", meinte Andrea, „zum Schluß funktioniert es." Mehrere Sachen mußten mehrfach geprobt werden, dann lief mal jemand durch das Bild, es waren immer sechs Kameras im Einsatz, dann fiel mal die Nebelmaschine aus und der Regisseur sah die schwarzen Kabel, die weiße Leuchtkugeln verbanden, worauf er bemerkte: „Ich will es ja nicht auf die Spitze treiben, aber kann man die Kabel nicht irgendwie weiß machen?" – „Am Freitag funktioniert die Maschine", bemerkte irgend jemand ganz gelassen und ich darf schon verraten, so war es dann auch. Nach den ersten Proben dachte ich, „und daraus wollen die in zwei Tagen eine Show produzieren ohne Fehler, die live über den Sender gehen sollte?" Da kann man schon den Glauben verlieren, aber Vollprofis wissen meistens, was sie tun.

Und am nächsten Tag, dem Donnerstag, kamen noch mehr Leute auf mich zu. Noch ein Regisseur und ein Kameramann von einer anderen Agentur sollten die Trailer drehen für die drei Kandidaten, die um das GOLD DER INKA kämpfen sollten. Und ich freute mich schon auf Nicole. Ab Mittag war ich dann mit ein paar Freunden in meiner Galerie. Wann kommt sie denn nun. „Ja, 14.00 oder erst 15.00 Uhr, auf jeden Fall kommt sie." Meinen Lieblingsfotografen von der Mitteldeutschen Zeitung hatte ich auch schon informiert, und er wartete mit. Es zog sich hin und Peter Wölk mußte noch mal weg: „Ruf mich auf dem Handy an, wenn sie im Anflug ist und ich bin sofort da!" Dann kamen der Regisseur und der Kameramann. Sie kommt gleich. „Wie soll ich sie ansprechen?", fragte ich den Regisseur. Unter Künstlern sagt man ja „Du", aber bei einer netten Dame Mitte Vierzig, ich hatte mich natürlich über Nicole informiert, sogar den Song „Ein bißchen Frieden" habe ich auswendig gelernt. Ich bin gern gut vorbereitet, man kann ja nie wissen. Der Regisseur meinte: „Ich übernehme das." Und dann kam ein Auto, aus dem allen voran eine kleine zierliche Frau mit funkelten Augen und einem verschmitzten Lächeln ausstieg, gefolgt von einer zweiten Frau, was ihre Pressesprecherin war, wie ich später erfuhr. Später kam noch ihr Gatte dazu, der auch ihr Manager war; also alles perfekt in Familie organisiert.

Der Regisseur ging auf sie zu und klärte das mit dem „Du". Sie hatte nichts dagegen, und wir begrüßten uns höflich und respektvoll, wie sich das unter Künstlern so gehört. Nicole betrat gespannt meine Galerie, und ich denke, daß sie, als sie die vielen Bilder auf einmal sah, sehr beeindruckt war. Nun wurde noch etwas umgeräumt, damit das Licht stimmt, wir wurden geschminkt, damit der Glanz auf der Haut sich nicht spiegelte, und der Regisseur gab uns Informationen, wie es ungefähr ablaufen sollte. Alles mußte spontan wirken, wie nicht geprobt, und das Wesentliche sollten wir aus uns herauskitzeln. Ich denke, das ist uns beiden, vor allem Nicole, sie ist ja der Vollprofi, sehr gut gelungen. Manche Sequenzen klappten auf Anhieb, andere wurden zwei-, dreimal gedreht. Nicole erklärte gut unsere Gemeinsamkeiten, was sie in der Musik auszudrücken versuche, mache ich in der Malerei. Besser kann man es nicht bringen. Der Song „Ein bißchen Frieden" von 1982 ist allgemeingültig für die Ewigkeit, so auch heute, 30 Jahre später. Und sie hat auch mit mir gemeinsam am Land Kiribati gemalt, was bisher noch nie jemand auf meinen Weltbildern durfte, aber das ist eben die berühmte Ausnahme. Alles in allem wurden ungefähr 90 Minuten gedreht. Nicole spielte sogar mein Schlagzeug, was dann auch in dem 60-Sekunden-Trailer, der von der Crew noch in der Nacht zum Freitag geschnitten wurde, zu sehen war. Die Cutter haben tatsächlich einen sehr schönen Schnitt gemacht, wobei die Vision und die Liebe zum Frieden von Nicole und mir wunderbar herüberkamen. Die Schlußszene war dann, als ich Nicole bat, daß wir die nächsten über hundert Bilder gemeinsam malen werden, worauf sie antwortete: „Ach, das schafft er allein." Bei der Verabschiedung bis zum nächsten Tag kam noch einmal das Gefühl in mir auf, welche Wärme und Herzlichkeit nette Menschen in einem Raum versprühen können. Da stand für mich schon fest, daß Nicole ein Exemplar meines Buches „Phantasie & Visionen" von mir geschenkt bekommen wird.

Ein schöner Tag neigte sich dem Ende und ich mußte noch einmal kurz in die Jahrhunderthalle schauen, ob auch alles gut läuft. Natürlich hatte ich Vertrauen in die Mannschaft, mein Interesse war ungebrochen. Bei einem kurzen Gespräch erzählte mir der Produzent Peter Ringleb eine kleine Geschichte, die schon am Mittwochabend begann. Das Management der Roten Gitarren hatte angerufen, daß sie leider absagen müßten, da ihr Sänger und Frontmann beim letzten Auftritt von der Bühne gestürzt sei und sich dabei das Gesicht demoliert habe. Daraufhin telefonierten die Verantwortlichen die ganze Nacht durch und fragten bei Managements in ganz Europa nach, ob noch eine Band für Freitagabend in Spergau frei wäre. Immerhin fehlte mit dem Ausfall der Headliner. In Spanien sind sie fündig geworden. Die Bay City Rollers waren dort auf Tour und hatten zufällig einen Tag frei. Daraufhin wurden sie von Spanien mit dem Flugzeug abgeholt, nach Deutschland eingeflogen und irgendwie nach Spergau gebracht, wo sie dann zur Show auch pünktlich eintrafen. Nach der Show wurden sie wieder zurückgeflogen, denn dann ging es ja in Spanien weiter. Ich glaube, sie wußten nicht einmal, wo sie waren, so nach dem Motto: „Where the fuck is Spergau? Liegt das noch in Europa?"

Nach dem Trailer – die Bilder sind in der Halle

Bei einem kühlen Feierabendbier bereiteten wir uns auf den nächsten Tag vor. Inzwischen waren auch meine 83 Weltbilder in der Halle angekommen, die sofort von Yvonne Beccard und ihren fleißigen Helfern, nachdem Nicole verschwunden war, aus meiner Galerie abgeholt worden waren. Das war schon ein komisches Gefühl, die leeren Wände zu sehen. Nun standen sie in der Halle gestapelt und in der richtigen Reihenfolge, denn das war ja das Wichtigste, um die Vision des fließenden Übergangs auf der Bühne gut zu erkennen. Diese Herausforderung, auf die Bilder aufzupassen und dann noch 82 Kinder und Erwachsene zu betreuen, das sollte für die liebe Andrea Ungethüm eine besondere Herausforderung werden. Aber sie erfüllte den Job mit Bravour und ein bißchen habe ich ihr auch geholfen.

Erschwerend sollte auch noch dazukommen, daß für den nächsten Tag, Freitag, der Produktionstag, der heißeste Tag des Jahres angesagt war. Und so kam es dann auch, 33 Grad Celsius im Schatten und zirka 50 Grad in der Halle, Tendenz steigend durch die Zuschauer und die vielen Scheinwerfer. Obwohl zwei Klimageräte angeschafft worden waren, wurde es extrem heiß, im wahrsten Sinne des Wortes. Auch ein Notstromaggregat stand neben der Halle, denn kurz vor Show-Beginn wurde das Stromnetz gekappt und alles lief über den Generator. Man wollte sich kein Schwarzbild leisten, denn es war ja, wie schon erwähnt, eine Livesendung. Inzwischen waren auch die beiden Ü-Wagen eingetroffen, die am Vortag noch in Polen bei der Fußball-Europameisterschaft im Einsatz waren. Dies und vieles mehr waren für mich eine logistische Meisterleistung von professionellen Experten. Doch dazu mehr am nächsten Tag, denn da ging es erstmal richtig los.

Ich war natürlich am Freitagmorgen schon mal gukken, wie es nun fast fertig aussah. Die Doppelbühne machte einen guten Eindruck, obwohl ich damals noch nicht ahnte, daß ich der einzige sein würde, der die gesamte Doppelbühne auf Grund meiner vielen Bilder benutzen durfte. Ansonsten wurde auf der einen Bühne übertragen und auf der anderen Bühnenseite wurde emsig umgebaut, was natürlich der Fernsehzuschauer nicht sehen konnte, sondern nur das Publikum in der Halle.

Für 17.00 Uhr war die Generalprobe angesetzt, um das komplette Programm einmal durchzuspielen, 90 Minuten in einem Guß. Es wurde Mittag, und es war schon heiß, doch es sollte noch heißer werden. Ich dachte schon an mein Outfit, schwarze Hose, rotes Satinhemd, goldene Weste und rote Lederstiefel und das bei den Temperaturen, aber da muß ich durch, beschloß ich für mich einstimmig. Mit dem Gedanken begab ich mich auf den Weg in meine Galerie, doch zuvor meinte Andrea noch: „Wir müssen Nummern auf die Rückseiten der Bilder kleben, damit wir nicht durcheinanderkommen." Gemeinsam haben wir das Problem gelöst.

In meiner Galerie angekommen, war ich schon vom Sitzen schweißgebadet. Ich machte mich frisch und stieg langsam in mein Bühnen-Outfit. Langsam ging ich wieder in Richtung Jahrhunderthalle. So etwas in Spergau, das hätte man sich noch vor 23 Jahren nicht im Traum vorstellen können, ging es mir durch den Kopf. Ab 16.00 Uhr gab es dann einen perfekten Zeitplan, denn ab nun mußte alles stimmen. Als erstes mußte ich in die Maske, doch da herrschte reger Andrang, das Deutsche Fernsehballett und andere Künstler standen Schlange, und ich gesellte mich dazu. Dann kam auch noch Charly Brunner, der aber gleich wieder ging mit der Bemerkung: „Die haben das nötiger als wir." Ich blieb trotzdem, und dann kam Nik P., der meine roten Westernstiefel bewunderte und wissen wollte, woher ich sie hätte. Er hatte ähnliche, aber wahrscheinlich maßgeschneiderte. Dann war ich dran in der Maske. Auch hier gab es nur nette Damen, wobei die eine meinte, daß sie kurz vor meinem Auftritt immer in meiner Nähe sein werde. Sie hatte natürlich meinen Schweißfluß bemerkt. Danach ging ich zur nächsten Station, den Weg hinter der Bühne auf Hunderten von Kabeln entlang zum Verkabeln mit Mikro und Funk. Nun war ich bereit, sah nach meinen Bildern und zu Andrea, die auf einem Podest stehend an die Kinder appellierte, daß sie der Boß sei und wie das jetzt hier ablaufe und daß nur sie das Sagen habe – beeindruckend. Zwischendurch kam Inka zu mir, auch Nicole war da, dann kamen Regieassistentinnen auf mich zu, wie das Zeichen für meinen Auftritt aussähe und dann begann das Warten hinter der Bühne bei Yvonne und meiner Staffelei mit dem Kiribati-Bild, welches ja von Nicole und mir live in der Show signiert werden sollte. Die Ölfarben hatte ich auch schon auf der Palette. Irgendwie strebe ich ja auch gern nach Perfektionismus, wohlwissend, ihn nicht erreichen zu können, aber ihm möglichst nahe zu kommen.

Und dann war es soweit – Generalprobe – Ruhe in der Halle. Der Regisseur Utz Weber nahm jetzt alle Fäden in die Hand. Er nahm Platz hinter dem Regiepult mit den vielen Monitoren und gab Anweisungen über das Mikrophon und alle wichtigen Leute hatten Headsets, die Kameraleute, die Assistentinnen, die Requisite, die Kabelträger und die vielen Helferinnen und Helfer. Ich sah von hinter der Bühne meine Bilder mit den Kindern im Foyer der Halle stehen und konnte über einen Monitor das Geschehen auf der Bühne beobachten. Überall standen Monitore. Die Bühnenarbeiter waren jetzt total relaxt, für sie ging es erst nach der Show wieder los, den ganzen Plunder nach sechs Tagen Aufbau in wenigen Stunden wieder abzubauen, einzupacken und für die nächste Show bereitzuhalten.

Die Generalprobe

Punkt 17.00 Uhr wurde die Erkennungsmelodie eingespielt, und Inka sprang aus der Kiste eines Zauberers, perfekt. Diese Sequenz sollte aber in der Show dann nicht ganz klappen. Inka blieb am Rand hängen, aber ein Profi überspielt das und live ist eben auch life! Man wird schon bei so vielen Shows hinters Licht geführt und deshalb fand ich es besonders gut, daß diese Show direkt über den Sender ging, Retuschen damit unmöglich. Und das war dann auch die einzige Panne, wenn man hier überhaupt von einer Panne sprechen kann. Dann sprang das Geschehen auf den Bühnen hin und her zwischen musikalischen Beiträgen, Videoeinspielungen mit Matze Knop, artistischen Einlagen und natürlich den drei Beiträgen von uns aus Spergau.

Mein Einsatz war dabei in der Mitte geplant, genau nach 43 Minuten und 30 Sekunden. Irgendwie erinnerte mich die Szenerie an den Zeitplan bei der Formel 1. Unsere Darbietung begann natürlich mit dem Auftritt von Nicole, die Inka mit den Worten ankündigte: „...Becker und Genscher sind längst Geschichte und sie ist immer noch da – Nicole." Sie präsentierte ihren neuen Hit, danach gab es ein lockeres Gespräch mit Inka. Es wurde der Trailer aus meiner Galerie eingespielt, den auch ich nun das erste Mal sah und den Nicole mit lieben, netten Worten ankündigte. Und dann kam mein großer Einmarsch mit über 70 Bildern, getragen von Kindern und Erwachsenen, die ich durch nette Bekannte und liebe Freunde noch zusammenbekommen habe. Die ganze Bühne war voller Bilder und das auch noch in der richtigen Reihenfolge, so daß sie zusammen paßten, dank Andrea. Nach einem kurzen Plaudern mit Inka folgte das

Zusammentreffen mit Nicole vor dem Kiribati-Bild, und da stand auch schon die Staffelei mit dem Bild, dank Yvonne. In der Probe wurde natürlich nur angedeutet, was dann in der Show passieren sollte. Die Gespräche liefen auch immer etwas anders ab, die Fragen variierten und ich hatte auch völlig freie Hand mit den Antworten. Es war von Anfang an klar, daß nichts wie einstudiert wirken sollte, was mir sehr entgegen kam.

Mit dem Ausmarsch war mein Part erst einmal beendet. Wer das Voting gewinnen würde, wurde natürlich auch nur simuliert, da die Stimmabgabe ja bis kurz vor Ende der Live-Sendung gehen sollte. Und auch unter denen, die ihre Stimme im Internet abgegeben hatten, würde ein Preisträger ermittelt werden, für ein schönes Wochenende mit Partner in der Region, und auch das wird noch eine Riesenüberraschung werden. Bis auf die kleinen Ungereimtheiten, die jeder Regisseur zu bemängeln hat, war diese Probe schon viel besser als am Mittwoch, obwohl mich immer noch Zweifel überkamen, ob diese kleinen Dinge noch ausgemerzt werden können. Nun hatten wir Pause, und ich erwartete schon ungeduldig meine liebe Loreley, die im Publikum sitzen sollte und natürlich auch einen Blick hinter die Bühne wagen durfte. Und da kam sie endlich und ich war erleichtert, daß es nicht zu spät war, denn 19.30 Uhr sollte dem Publikum Einlaß gewährt werden, damit alle sitzen, wenn die Show beginnt. Für meine Loreley hatte ich schon den Platz ausgesucht, von dem aus sie alles am besten verfolgen könnte. Ich war schließlich eine Woche lang in der Halle und hatte alles gut beobachten können. Dann noch mal frische heiße Luft schnappen, bevor der Ansturm auf die besten Plätze begann. Ich plazierte meine Loreley und für mich ging das gleiche Prozedere wie vor der Generalprobe vonstatten. Wieder traf ich Charly Brunner, diesmal mit der netten Bemerkung, was für eine wunderschöne Frau ich da mitgebracht hätte. Dies schmeichelte mir sehr und machte mich auch ein wenig stolz, denn ich bin sehr glücklich, nach 30 Jahren Suche meine Muse und lebende Loreley gefunden zu haben. Aufnahmeleiter Daniel Dittrich huschte an mir vorbei und fragte, ob ich heute meine Tochter mitgebracht hätte. Immer noch besser als hätte er gesagt, ob die schöne Lady heute ihren Weihnachtsmann mit dabeihätte. Es war schon interessant, aus welch verschiedenen Blickwinkeln man das sehen konnte.

Und da stand ich nun wieder hinter der Bühne, neben mir die Staffelei, eine Flasche Wasser, der Monitor, ein paar Künstlerinnen, die genauso schwitzten wie ich, die Dame von der Maske, die Requisite. Die Aufregung steigerte sich allmählich. Ich konnte hören, wie ein Animateur das Publikum anheizte. Es war eine Superstimmung in der Halle. Inka und Nicole waren nun in ihren Garderoben verschwunden. Kurz zuvor hatte ich noch die Gelegenheit ergriffen, beiden als Dank für ihre netten Worte und Taten ein Exemplar meines Buches „Phantasie & Visionen" zu schenken, in dem es ja auch um das Weltbild geht.

Langsam wurde es still in der Jahrhunderthalle Spergau. Und dann kam der Countdown kurz vor 20.15 Uhr. Überall auf den Monitoren lief die Zeit rückwärts, noch 50 Sekunden bis zum Start der Sendung. Irgendwie fühlte ich mich an einen Raketenstart oder die erste Mondlandung erinnert. Und dann noch 10 Sekunden; die Erkennungsmelodie lief an und dann waren wir auf Sendung über Satellit deutschlandweit und darüber hinaus, direkt von einem kleinen Ort namens Spergau, der soeben Fernsehgeschichte schrieb. Trotz der 50 Grad hatte ich Gänsehaut bei dem Gefühl, dabeisein zu dürfen, unglaublich. Es lief alles wie geplant, und es klappte perfekt, wie ich noch am Morgen nach der Show im Fernsehen sah, denn natürlich hatte ich alles mitgeschnitten und mir Samstag früh gegen 4.00 Uhr, als ich in meiner Galerie eintraf, noch angesehen.

Spergau schreibt Fernsehgeschichte

Nicole sang ihr Lied, und ich stand startklar am Bühnenrand außerhalb der Kameras, hinter mir das erste Kind mit dem ersten Bild, Island. Die Anspannung stieg, und fast hätte ich den Einstieg verpaßt, aber ich lief noch rechtzeitig los, passend zur Musik und Inkas Worten. Die Kinder folgten mir mit den Bildern über die ganze Bühne und zum Schluß die Erwachsenen und alle formierten sich in Dreierreihen. Es war ein grandioser Anblick, denn so hatte ich meine Bilder auch noch nicht gesehen. Ich ging auf Inka zu und wir plauderten über die Weltbild-Geschichte, die Entstehung der Idee bis hin zur Umsetzung. Dann schlängelten wir uns durch die Reihen der Bilder und ihrer Träger. Als wir am Bühnenrand ankamen, wartete auch schon Nicole neben der Staffelei und Kiribati. Inka erlaubte mir, daß ich einen Wunsch äußern dürfte, und so bat ich Nicole, gemeinsam mit mir das Bild Nummer 83 – Kiribati – live zu signieren. Die Palette mit den Farben war natürlich vorbereitet, ich überreichte Nicole einen Pinsel, und wir begannen zu signieren. Dabei fuhren zwei große Kameras ganz nah an uns heran. Doch diese waren nicht das Problem, sondern die vielen Scheinwerfer, die ganz nah angerollt wurden, wodurch ich das Gefühl hatte, mein Rücken gehe gerade in Flammen auf. 50 Grad Celsius in der Halle! Aber im Gefühl des Glücks hält man auch das aus. „Was für eine Wertsteigerung", meinte Inka nach der Signatur durch Nicole und ich denke, daß dieses Bild für immer etwas Besonderes bleiben wird. Daß jemand mit mir eines der 192 Weltbilder signiert, wird sich nur im Bild Nummer 100 wiederholen werden. Dann wird es meine Loreley sein. Und nun durfte ich noch einen absoluten Wunsch äußern, der mich total happy machen würde, wie Inka meinte. Und schon war ich natürlich wieder beim Bau eines Rondells in Spergau, um alle 192 Bilder würdig präsentieren zu können, denn ich komme am Ende wieder am Anfang an und der Kreis schließt sich. Island war das erste Land und Argentinien wird das letzte sein, und nicht Norwegen, wie ich irrtümlich in der Show meinte, denn das wird das vorletzte werden. Vor einer Million Menschen kann man schon mal was verwechseln, obwohl man auf der Bühne überhaupt nicht daran denkt. Man nimmt auch das Publikum nicht richtig wahr, sondern konzentriert sich auf die Fragen und das, was man sagen will, und vor allem, wie man es originell 'rüberbringt.

Dann kam der Ausmarsch auf der anderen Seite der Halle. Und da stand ich nun mit über 70 Bildern, die schon wieder an der Wand gestapelt wurden und mit über 70 Helfern. Und da war sie wieder, die Ungethüm, wieselflink wie immer. „Du mußt mir jetzt beim Organisieren helfen. Du schnappst dir jetzt fünf Kinder und ein Bild für die gemeinsame Schlußszene und dann bleibt ihr hier stehen bis zum Einsatz", ordnete Andrea an, keinen Widerspruch duldend. „Okay", entgegnete ich und schon war sie wieder weg. Da jeder weiß, daß auf mich Verlaß ist, war das kein Problem. Die Schwierigkeit bestand nur darin, fünf Kinder auszuwählen oder „zu schnappen", wie Andrea meinte. Denn eigentlich wollten alle mit. Natürlich war es auch für sie etwas ganz Besonderes, im

Fernsehen zu sein und das auch noch im Heimatort. Ich wurde noch Wochen danach auf der Straße angesprochen, wie schön es war. Auf jeden Fall mußte ich fünf Kinder finden und fand sie auch, wobei natürlich einige Tränen flossen. „Ich darf nur fünf mitnehmen laut Anweisung vom Regisseur", entgegnete ich den traurigen Gesichtern. Nun warteten wir auf der anderen Seite der Bühne neben dem Ende der Zuschauertribüne auf den finalen Countdown. Ich ließ die Kinder nicht mehr von der „Kette", und ich hatte das Bild von Ruanda, welches Nicole als Fan von Afrika so sehr gefiel, für die Schlußsequenz ausgesucht. Wir konnten die Show weiter mit verfolgen, teilweise über Monitor oder direkt mit Blick zur linken Bühne, auf der sich jetzt für mich etwas magisch Phantastisches abspielte. Ein Magier brachte es fertig, daß sich seine hübsche Assistentin zehnmal innerhalb von ein bis zwei Sekunden pro Kleidungsstück umgezogen hat, einfach sehenswert. Trotz der Nähe zur Bühne kriegt man es nicht mit, wie es funktioniert.

Und dann: Showdown. „Einzug der Gladiatoren", hätte ich fast gesagt. Wir durften alle noch einmal auf die Bühne, die Flachlandfinken, der Mühlenverein und ich mit Nicole, den fünf Kindern und dem Ruanda-Bild. Noch einmal warben Inka und Matze für das Voting und dann spielten die direkt aus Spanien angereisten Bay City Rollers ein Medley ihrer Hits.

Nun stieg die Spannung für uns noch einmal gewaltig an, denn es war entschieden, wer das GOLD DER INKA mit nach Hause nehmen darf. Der Goldbarren, auf einem roten Samtkissen liegend, wurde herangefahren, der goldene Briefumschlag wurde von Matze geöffnet und in dem Moment flüsterte mir Nicole die für mich unvergeßlichen Worte ins Ohr: „Wenn das hier mit rechten Dingen zugeht, sagt mir mein Bauchgefühl: Wir werden gewinnen." Und in dem Moment verkündeten Inka & Matze im Duett: „Das GOLD DER INKA hat gewonnen ...", endlose Pause, „...Peter Gehre." Nicole hatte recht. Das Gefühl, in diesem Augenblick seinen eigenen Namen zu hören, kann man nicht beschreiben.

Das GOLD DER INKA hat gewonnen...

Das Unmögliche ist tatsächlich gelungen, mit der Hilfe von Nicole und den vielen Menschen, die ihre Stimme für mich abgegeben haben. Ich durfte den Goldbarren vom Kissen nehmen, ich hätte fast das ganze Kissen mit heruntergerissen, und stemmte ihn in die Höhe, dabei Nicole umarmend und gleich danach auch Inka, die natürlich sofort wissen wollte, wie man sich so fühlt. „Ja, es ist unglaublich, und ich könnte die Welt umarmen", waren meine ersten Worte, und natürlich der Dank an alle und ich nahm die Gratulationen der anderen Teilnehmer entgegen. Dann wurde noch der Gewinner unter denen, die ihre Stimme abgegeben hatten, verlesen. Der Name sagte mir nichts, aber es sollte noch einer dieser berühmten Zufälle passieren.

Zum Schluß stand noch der gemeinsame Marathonstart an, bei dem alle Beteiligten aus der Halle rennen sollten. Inka gab mit der Pistole das Startsignal, und alle rannten emsig los. Ich bog aber gleich hinter der Bühne ab, da Sport noch nie so mein Ding war. Alle Darsteller waren draußen, Abspann – und schon wurde die Bühne abgesperrt und die Zuschauer nach draußen gebeten. Ich ging wieder auf die Bühne, die anderen waren ja noch draußen, und viele Leute kamen auf mich zu, wollten Fotos machen, mit mir reden, mich beglückwünschen, und da war Inka wieder da und auch meine Loreley. Für kurze Zeit hatte ich das Gefühl, ohne dabei überheblich zu sein oder dem Größenwahn zu verfallen, ein Star zu sein, und ich muß sagen, es war ein geiles Gefühl. Alle wollten was wissen, alle waren nett und es war ein unglaubliches Wohlgefühl. Im Foyer ging es dann weiter, Fotos ohne Ende, Umarmungen und nette Gesten. Ich war hin- und hergerissen.

Als ich dann zur Aftershowparty in der Bar der Jahrhunderthalle endlich ankam, ging es erst mal richtig los. Alle warteten schon auf mich, alle beglückwünschten mich und wollten mit mir anstoßen. Der ganze Tresen stand voller Sektgläser und sowie jemand eines wegnahm, stand sofort ein neues da. Den Goldbarren hielt ich fest unter dem Arm und ließ ihn nicht mehr los. Beim Plaudern bemerkte ich, daß meine Loreley eifrig telefonierte, und als wir uns wieder trafen, sagte sie: „Weißt du, wer den Publikumspreis gewonnen hat?" Da ich den Namen nicht kannte, hatte ich natürlich keine Ahnung. Es war der Freund ihrer Schwester. Es gibt manchmal wirklich Dinge, die glaubst du erst, wenn sie wirklich passieren. Und dann kam die liebe Yvonne und wollte gleich die Bilder wieder in meine Galerie schaffen, denn in der Halle lief schon eifrig der Abbau. Da ich gerade mächtig beschäftigt war, gab ich ihr den Schlüssel, was ich grundsätzlich nur mache mit Personen, denen ich vertraue, mit den Worten: „Immer schön einstecken! Wenn die Tür ins Schloß fällt und der Schlüssel ist drin, ist Schicht im Schacht, das heißt, kein Reinkommen mehr." Nach kurzer Zeit war sie wieder da. Mit dem Schlüssel und es hatte alles geklappt, und da standen sie dann auch wieder, die Bilder, an die Wand gestapelt, wie ich in den frühen Morgenstunden bemerken sollte. Nach letzten Umarmungen mit Inka, Nicole, Matze und vielen anderen ging ich noch mal zum Luftschnappen vor die Halle. Das Klima war inzwischen erträglich geworden. Dort saßen an einem Tisch viele bekannte Damen, die mir in letzter Minute geholfen und auch Bilder mit getragen hatten. Ich holte ein Tablett Sekt, und wir stießen gemeinsam an auf einen sehr gelungenen Abend mit dem besten Abschluß, den man sich wünschen kann. Ich holte noch einige Tabletts Sekt und schaffte auch eins zu den Bühnenarbeitern, die dabei waren, die Bühne zu zerlegen, die aber entgegneten, erst nach getaner Arbeit ein Glas zu nehmen. Ein Tablett ließ ich auch zu meinen Konkurrenten, dem Mühlenverein, die wenige Meter weg an ihrer Mühle auch etwas feierten, bringen. Dieses kam aber leider nie an. Durch eine Bodenunebenheit kam der Überbringer ins Stolpern und alles ging zu Bruch.

Langsam zog Ruhe ein, und ich begab mich auf den Weg in meine Galerie. An der „Linde" traf ich nette Kellnerinnen, die mich noch auf ein Glas einluden und mir von Herzen den Goldbarren gönnten. Gegen 4.00 Uhr morgens schaltete ich dann noch den Fernseher ein und schaute mir die komplette Show noch einmal an. Ich war mächtig zufrieden und versprach Peter Ringleb direkt am Abend nach der Show, daß er mich nicht mehr loswerden würde, weil ich dem Team verbunden bleiben möchte. Und so war ich dann auch wieder als Gast in Sonneberg im September 2012 dabei, wo mir Inka sagte, ich solle ihr nicht nachreisen, sondern Bilder malen.

Diesen Rat habe ich berücksichtigt und seitdem mehr als 25 Bilder meinem WORLD-UNION-VISIONS-Zyklus hinzugefügt. Denn: am 22.2.2022 sollen alle Bilder fertiggestellt sein!

Jürgen Jankofsky

Der Tebel hohl mer

„*Ey sapperment!*" – die Jahre in Merseburg waren kein Zuckerschlecken. Aber noch einen Rausschmiss, Faulenzens und Zechens wegen, wie aus der Leipziger Thomasschule, konnte sich Christian Reuter beim besten Willen nicht leisten. Da hatte sich die Familie Reuter, ehrbare Bauern seit alters her, seine Ausbildung schon zu viel kosten lassen, *der Tebel hohl mer*. Doch schien ihm seine außergewöhnliche Intelligenz, nunmehr gepaart mit Lerneifer, in Merseburg mehr noch als das Abitur eingetragen zu haben. Der damalige Rektor des Domgymnasiums urteilte: *Eine recht freigiebige Natur bewilligte diesem Jüngling Reuter Witz und Scherz, die er dennoch so in Maßen hielt, dass sie von der Regel der Wohlanständigkeit nicht abwichen; hierdurch gewann er sich nicht alltägliche Gunst großer Männer.* Durchaus denkbar, dass Christian Reuter bei den zu Ostern üblichen Theateraufführungen der Domschüler, vielleicht sogar schon als Autor, hervortrat.

Und, *der Tebel hohl mer*, mit Witz und Scherz war der mittlerweile dreiundzwanzigjährige Jüngling Reuter wohl sogar bei seiner Reifeprüfung gut beraten. Immerhin weist eine Rechnung jener Jahre aus, dass die Examinatoren, die Herren Lehrer also, der Schulkasse 3 Florin, 9 Groschen für 8 Kannen Rheinwein und 43 Kannen Torgisch Bier in Rechnung stellten, Prüfungsspesen, *ey sapperment*.

Christian Reuter konnte endlich, und offenbar auch dank der Gunst jener großen Männer, die dem Bauernsohn sogar ein Stipendium verschaffte, studieren. Nach

Leipzig zog es ihn wieder, *denn da kann der Tebel hohl mer einer leicht Doctor werden / wenn er nur Speck in der Tasche hat...*

Dem *studiosus juris* Reuter sollte jedoch seine Zimmerwirtin Anna Rosine Müller, *die ehrliche Frau Schlampampe, die ehrliche Frau zu Plissine,* in die Quere kommen. Als er wegen Mietschulden auf die Straße gesetzt wurde, verfasste er ein Pasquill, eine Schmähschrift, durchaus nicht unüblich in jener Zeit. Frau Müller glaubte sich jedoch (und natürlich völlig zu recht) in der ehrlichen Frau Schlampampe wiederzuerkennen und als solche wiederrum, *ey sapperment,* von der ganzen Stadt verlacht. Sie zeigte Christian Reuter an und erreichte das Verbot der Komödie *Die ehrliche Frau zu Plissine* sowie, *der tebel hohl mer,* die Inhaftierung und anschließende Relegation des Autors.

Anfangs wurde Christian Reuter nur für zwei Jahre von der Universität verwiesen, doch hatte er, *ey sapperment,* offenkundig Gefallen am Schreiben gefunden, vervollkommnete Handlung und Figurenensemble seines Stücks, erfasste nunmehr die Komödie *Der ehrlichen Frau Schlampampe Krankheit und Tod.* Das brachte Frau Müller selbstredend vollends in Rage. Sie wandte sich sogar an August den Starken in Dresden, woraufhin ihr einstiger Mieter Reuter erneut in den Karzer musste. Und nach den Leipziger Studentenunruhen des Herbstes 1697 (eine Reaktion auf den scheinheiligen Übertritt des sächsischen Kurfürsten zum Katholizismus, alles nur der polnischen Krone wegen, *der tebel hohl mer!*) wurde Christian Reuter für sechs Jahre relegiert, durfte sich in Leipzig fürderhin auch nicht mehr aufhalten.

Doch zum Glück hatte er ja in Merseburg Gönner und kam hier wohl für einige Zeit unter. Am Merseburger

Hofe könnte er den Herzog von Sachsen-Zeitz kennengelernt haben. Dieser wiederum empfahl ihn dem sächsischen Statthalter, dem Fürsten zu Fürstenberg-Heiligenberg. Beide Bekanntschaften konnten jedoch nicht verhindern, dass Christian Reuter, als er verbotenerweise nach Leipzig zurückkehrte, denunziert und letztlich zeitlebens von der Universität verwiesen wurde. Das verschloss ihm auch andere Hochschulen, kein Examen. Proteste bewirkten nur noch, dass er fortan bei Besuchen in Leipzig geduldet wurde. Eine Karriere im Staatsdienst aber, *der tebel hohl mer*, war endgültig passé.

In Dresden fand Christian Reuter beim Kammerherrn Rudolf Gottlob von Seyfferditz Anstellung als Sekretär. Auch hier scheint es jedoch alsbald Schwierigkeiten gegeben zu haben, wahrscheinlich nach Erscheinen seiner Komödie *Graf Ehrenfried* (aus bekannten Wiedererkennungsgründen…) – Christian Reuter ging nach Berlin und wurstelte sich offenbar bis ans Lebensende als Gelegenheitsdichter am preußischen Hofe durch, Huldigungscarmina, Freuden- und Trauergedichte, Singspiele und Schäferpoesien, *ey sapperment.*

Nur einmal noch wurde Christian Reuters Genius halbwegs gefordert, möglicherweise auf eine Anregung oder sogar einen Auftrag aus Merseburg hin. Im Jahre 1708 schrieb er eine Matthäus-Passion, die der Merseburger Hofkapellmeister Johann Theodor Theile vertonte.

Christian Reuters Spuren verlieren sich ab 1712, wohl niemand weiß, wann, wo und wie er starb. Ob er zu guter Letzt, *der tebel hohl mer*, vielleicht auf eine ähnliche Reise ging wie sein größter Held, der Schelmuffsky, Urahn des Münchhausen? *Teutschland ist mein Vaterland / in Schelmerode bin ich gebohren…*

Aus: Jürgen Jankofsky „Merseburg – 1200 Jahre in 62 Porträts und Geschichten", Mitteldeutscher Verlag, Halle 2013

mit freundlicher Erlaubnis des Verlages

Katharina Mälzer

Härte

Tristan! Sie griff nach dem Duschkopf, der verrostet hinten im Wäscheschrank lag. Sicherheitshalber. Bei etwaigen Durchsuchungen des Internatszimmers durfte er nicht gefunden werden. Sie hatte ihn schließlich geerbt. Von einem, der hier auszog, nachdem sein Studium beendet war. Den Duschkopf steckte sie in die Bademanteltasche. Sie zog Bluse, Unterhemd und Jeans aus. Der Schlüpfer fehlte. Ihr war zum Brechen zumute: Tristan. Schon da hätte sie es lassen sollen. Das weitere Reden, Tanzen. Whisky. Austrinken und dann tschüs sagen.

Wie er heiße? Tristan. Sie hatte geantwortet: Isolde. Das hätte so schön gepaßt: Tristan und Isolde. Er zuckte nicht, kein Lächeln, nahm's einfach so hin! Er verstand ihren Witz nicht! Zu diesem Zeitpunkt hätte sie schon gehen sollen. Tanzen mit irgendeinem anderen.

Vor dem Verlassen ihres Zimmers zog sie ihre Badelatschen an, ging auf den langen Gang und sprang die Treppen hinab zu den Duschräumen. Sonntag früh acht Uhr, um diese Zeit lagen noch alle in ihren Betten. Es war ihr recht, daß niemand sie sah. Sie nahm die weißgekalkte Kabine, die sie auch sonst immer genommen hatte. Sie holte den Duschkopf aus der Tasche, schraubte ihn oben an das dünne Wasserrohr. Hartwasserstrahlmassagen mochte sie nicht. In allen Kabinen fehlte der Duschkopf. Trotzdem hatte sie noch niemanden beim Duschen ohne Brause gesehen.

Man tauschte sie aus, kannte die Duschkopfbesitzer; sich gegenseitig etwas zu borgen stärkte die Gemeinschaft, den freundschaftlichen Kontakt.

Warum hatte sie nur? Sie sagte ihm beim Tanzen, daß sie Hanna heiße. Gut, Hanna, sagte er, trinken wir noch was an der Bar? Er ging einfach drüber hinweg, keine Reaktion auf Namen. Vielleicht war die Musik zu laut, wenn auch klasse: *Whisky drinking woman.*

Trinkst du lieber Smoky Springs oder Falckner? Hanna lachte, Falckner, wobei ihr ein Jack, Johnnie oder Jim lieber gewesen wäre. Doch den gab es hier nicht. Er benahm sich steif. Aber zum Tanzen und Trinken war er einigermaßen akzeptabel. War er doch größer als sie und auch seine Figur fand sie soweit okay, schlank und durchtrainiert. Ob sie von hier sei? Ach, Studentin, Internat? Jetzt meinte sie, etwas Regung bei ihm zu sehen. Er käme von hier, lebe aber in Berlin. Und fügte nach einiger Zeit hinzu: derzeit habe er Berlinverbot. Nun horchte Hanna auf, sah sich seine PM 12 an, die er ihr stolz zeigte.

Hanna drehte den Hahn auf. Alles schlief, keiner brauchte warmes Wasser. Erstmals mußte sie kaltes zum heißen hinzudrehen. Sie drehte, bis sie die ideale Temperatur zur größten Wassermenge erreichte. Zuerst das Gesicht. Sie ließ lange das Wasser draufplätschern. Hoffte, auf andere Gedanken zu kommen. Weg vom Ekel, weg von der Angst, fliehen vor der Scham. Hier im Keller, hier im Wasser wollte sie ihre Sicherheit finden. Ihr Selbstbewußtsein wiederfinden. Dann rieb sie das Seifenstück mit beiden Händen, rieb dann das Stück an die Stellen, wo einst ihr Schlüpfer gewesen war. Rieb und spülte, rieb, spürte die blauen Flecken, die morgen erst ihre Farben entwickeln würden. Blöde Kuh, blöde Gans. Sie mußte auch die Wut wegwaschen. Die Wut auf sich selbst.

Ihr seid die Menschen mit der höchsten Allgemeinbildung. Die Worte ihrer Lehrerin dröhnten ihr nun wie Hohn in den Ohren, zum Abitur gesagt. Nichts war jetzt zu spüren vom Stolz, der sie da erfüllt hatte. Nur Allgemeinbildung, denn die Feinheiten des Lebens standen allen noch bevor.

Weshalb hatte sie denn nicht gefragt nach dem WARUM. Weil sie Böses nicht kannte? BERLINVERBOT. Dem Wort haftete etwas politisch Anrüchiges an. Es machte ihn interessant. Der mußte kein Verbrecher sein, nicht im klassischen Sinne. Der war vielleicht einfach nur dagegen. Gegen die politischen Verhältnisse, Gängelung. In Berlin lebte es sich sicher gefährlicher. Mehr Ohren in Ostberlin! Wahrscheinlich war's der Whisky, die laute Musik. Grund für das Nichtfragen. Er wolle keine feste Bindung, was sie ehrlich auch von sich behauptete, mit dem? Sie sagte auch ja, als er sie fragte, ob sie noch bei ihm etwas trinken wolle. Sie dachte sich nichts dabei, hatte auch hier ehrlich geantwortet: Trinken, ja! Seinen Arm um ihre Schulter gelegt, gingen sie. Bis dahin war alles okay. Die Haustür, vier Stufen zur Wohnung, er schloß auf und dann …

Das Licht, das scheiß Licht. So grell und fad und augenblicklich ernüchternd. Gedacht, schlimmer als ein Internatszimmer kann's nicht sein, blickte sie sich um, nachdem sie in die Wohnung geschoben wurde. Ein Spülbecken, verkeimt, versifft, Ketchup und Bier, dreckige Gläser. Er ließ in diese Wasser laufen: ein Bier? Sie verneinte. Wasser wollte sie auch keins. Weg wolle sie. Er bettelte, hör doch ein paar Kassetten mit mir, setz dich. Hanna reagierte mechanisch. Sie setzte sich, sah das große Fenster, hinter halb zugezogenen Stores den Balkon. Nur weg, aber wie? Sprache weg, fragte er. Sie stand auf, faßte ihn an der Schulter, sagte tschüs und ging zur Tür. Sie legte gerade die Hand auf die Klinke, da kam er geschossen, schubste sie zurück, schloß die Tür ab, den Schlüssel warf er hinter den Hängeschrank über dem Spülbecken. Dann drückte er sie auf das Sofa, mit einer Hand wehrte er ihre Hände ab, mit der anderen zog er ihre Jeans aus, danach riß er ihr den Schlüpfer herunter. Sie preßte die Schenkel fest aneinander. Hab dich nicht so, verwöhnte Göre! Hast den Schnaps von mir genommen, also zier dich nicht! Bewußt so nüchtern wie jetzt fühlte sich Hanna noch nie. Verwöhnt? Mit Geld? Nee, mit Liebe, mit Vertrauen, dem ihrer Eltern. Und es durchzuckte sie: Vertrauen, dieses durfte sie nicht mißbrauchen. Nicht wegen so einem! Und sie spürte eine Anspannung, eine Kraft durchfloß sie, eine Stärke: der nicht; nicht der!

Immer noch lief das Wasser in angenehmer Wärme. Trotzdem fror es sie. Die Stellen, die gerade keinen Platz fanden unter dem Wasserstrahl, zeigten sofort Gänsehaut. Sie spülte ihren Mund, spuckte das Wasser aus, befühlte ihre Schneidezähne. Der eine war nicht mehr glatt, ein Stück weggebrochen? Ihr grauste es, sie hatte noch nicht in einen Spiegel gesehen. Hier unten gab es auch gar keinen. Spiegel brachte hier nach unten keiner mit. Spiegel hatte jeder auf dem eigenen Zimmer. Ein Zahn fühlte sich anders an. Sie hoffte, daß das Gefühl stärker sei als der veränderte Anblick. Heute noch würde sie gucken müssen.

Er hatte von ihr gelassen. Er bewegte sich zu seinem Hängeschrank. Diese Chance mußte sie nutzen. Sie sprang auf, griff nach Jeans, Schlüpfer und Sandalen, öffnete das Balkonfenster. Doch ehe sie hindurchgehen konnte, riß er sie nach hinten, warf sie auf die Couch. Jeans und Sandalen hatte sie fallen lassen, den Schlüpfer ließ er fliegen in Richtung Wohnungsschlüssel. Er kniete auf ihr, hielt ihren Kopf und steckte seine Hand in ihren Mund. Schluck, schrie er. Sie würgte an seiner Hand, bedeutete ihm mit Zeichen, daß es nicht gehe, die Hand und schlucken. Er nahm seine Hand heraus, mit Daumen und Zeigefinger hielt er eine kleine weiße Tablette: schluck! Hanna wußte nicht, was ihr zuerst einfiel. Die Sorte der Tablette, Faustan oder Valium, welches sie nur aus den Romanen kannte. An Zyankali, soviel hatte sie schon studiert, konnte dieser Kerl gar nicht rankommen. Oder dachte sie zunächst an die Filme, in denen man in Großaufnahme zeigte, wie man Tabletten statt zu schluk-ken in die Wangentasche schiebt. Auf jeden Fall wollte er sie sich gefügig machen, einschläfern, wenigstens für eine halbe Stunde. Du nicht, schoß es ihr durch den Kopf. Werden wir sehen, wer stärker ist. Sie nahm die Tablette in den Mund, er schob ihr die Wasserflasche aus Glas derb hinterher. Zu derb, es schmerzte. Dumm war er nicht, denn nachdem Hanna geschluckt hatte, fühlte er nach, mit seinem Finger fuhr er ihr im Mund herum. Hatten sie dieselben Filme in ihrer Kindheit gesehen? Hanna deckte die Tablette mit der Zunge ab, wobei sie nachdachte, wie die Tablette und vor allem wann sie ihre Wirkung zeigte! Sie überlegte kurz, dann sank sie mit einem Stöhnen nach hinten. Er war wohl selbst über-rascht von der schnellen Wirkung, nahm die Wasserflasche, und er ging ein paar Schritte, um sie abzustellen. Dann zog er sich aus. Hanna sah es aus fast geschlossenen Augen, schnellte hoch, schnappte Jeans und Sandalen, lief durch die Balkontür und sprang von selbigem. Halbnackt rannte sie, so schnell ihr das barfuß überhaupt möglich war. Nach einigen Minuten blieb sie stehen, lauschte, keine Verfolgung. Absolute Stille! Nicht einmal die Vögel zwitscherten, obwohl es schon dämmerte. Das feuchte Gras – sanft nahm es die fallende Tablette in sich auf – raschelte nicht unter ihren nackten Füßen. Absolute Ruhe!

Nur das Rauschen des Wassers war an diesem Sonntagmorgen zu hören. Das Wasser besaß einen hohen Härtegrad wie Saalewasser, es floß in Strömen über ihren Körper. Sie überlegte, daß das Wasser weicher werden würde, sie weniger Seife bräuchte, fügte man Bodewasser hinzu. Kurz wanderten ihre Gedanken zum verlorengegangenen Schlüpfer, dann widmete sie sich der Härte des Wassers, des Lebens und beschloß, Unrat einfach vorbeifließen zu lassen.

Regina Oversberg

Die Geister vom Dürren Berge

Jedes Jahr zum Brunnenfest treffen die Geister der Stadt Bad Dürrenberg in den Nächten zusammen, prüfen mit kritischen Blicken, was aus ihrem Ort geworden ist, und beratschlagen, wie es mit ihm weitergehen könnte.

Die Freitagnacht

„Siehst du die Nebelwand, wie sie von der Saale aus hoch zum Borlachturm steigt? Das sieht richtig gespenstig aus!" Mit diesen Worten wendet sich Gabriele an Gerd und kuschelt sich dabei noch dichter an ihn heran, was er natürlich mit Freude zur Kenntnis nimmt. Seit einiger Zeit sind sie nämlich ein Paar, gehen miteinander, was man aber auch durchaus wörtlich nehmen kann. Deshalb hatte er diesen stillen, dunklen Platz am Fuße des Borlachturms ausgesucht, um endlich mit ihr allein zu sein. Nun schaut auch er nach oben und beobachtet, wie eine dichte Nebelbank mit festen Konturen bis zur Mitte des Turmes steigt, über den Verbindungssteg strömt und im Dunkel der Nacht plötzlich verschwindet.

„Na, ohne großen Auftritt geht es wohl nicht, Herr Saale-Alf? Das Liebespaar war doch deutlich zu erkennen, aber du kannst nicht warten, bist wie immer ungeduldig!", knurrt Borlachs Geist den Neuankömmling an. „Vater Borlach", erwidert darauf der Saale-Alf, „wir haben uns seit einem Jahr nicht gesehen! Aber kaum bin ich hier, suchst du schon wieder Streit mit mir. Ich wollte doch nur dieses Mädchen etwas genauer betrachten. Ach, ich bin immer noch ganz entzückt von ihr, von ihren himmelblauen Augen, ihrer zarten Gestalt und den blonden langen Haaren. Ganz wie meine Wassernixen sieht sie aus." „Du wirst doch wohl in deinem Alter nicht noch nach Weibern sehen und dich sogar noch verliebt haben? Das macht dich unglaubwürdig, Herr Alf!", entgegnet daraufhin Borlach. Genau in diesem Moment ist die einzige Wolke am sternenklaren Nachthimmel am Mond vorbeigezogen und läßt somit sein Licht auf die Stadt, den Kurpark, den Borlachturm und ebenso auf die Saale fallen. Mit leisem Wispern und Kichern tauchen dort fünf Wassernixen aus den Fluten, sehen sich vorsichtig um und schwimmen zur neuen Anlegestelle der Stadt. Er scheint extra für sie gebaut zu sein, denn andere Benutzer gingen hier bisher kaum an Land. Die Wasserjungfrauen machen sich „stadtfein", beherrschen diese uralten Tricks gut und sind bald darauf in ihrer Aufmachung von anderen jungen Mädchen kaum zu unterscheiden. Nur über diesen geheimnisvollen Glanz in ihren himmelblauen Augen werden sich bald einige wundern. Kurz darauf sind die jungen Nixen auf dem Weg zum Kurpark, Abenteuer, Lust und vielleicht auch Liebe suchend. Die kleine Glocke des Turms, der sich mächtig und bedeutungsvoll von der Umgebung am Saaleufer abzeichnet, beginnt die elfte Nachtstunde mit diesem knappen, blechernen Schlag anzuzeigen. Der Nebel um den Turm verdichtet sich wieder mehr und mehr, wird fester, dunkler und nimmt mit dem letzten Ton plötzlich Gestalt an. Wer genau hinaufschaut, kann dort oben nun drei Gestalten erkennen, die aus dem Nebel herauszutreten scheinen. Gabi und ihr Begleiter sehen immer noch gebannt nach oben, wobei ein eisiges Frösteln durch ihren Körper zieht und sie zum Gehen zwingt, um sich irgendwo dort hinten zwischen den vielen fröhlichen Menschen wieder aufzuwärmen. Zurück bleiben endgültig die Einsamkeit, die Stille und das Dunkel der Nacht. Einzig das Rauschen des Saale-Wehrs dringt noch nach oben. Wäre jetzt ein Kundiger in der Nähe, könnte er hören, wie die Saale ihre uralte Geschichte erzählt, murmelnd, rauschend, stetig strömend, wie sie ihre Geheimnisse aus längst vergessenen Zeiten offenbart, wie sie vor künftigen Ereignissen warnt. Aber niemand ist da, der ihr zuhört! Die fünf Saaleelfen zieht es inzwischen zum Tanz, zur Musik, zu den jungen Leuten, mitten in den größten Trubel hinein. Dabei strahlen ihre Augen verheißungsvoll, wenn sich ihre zarten Körper im Takt der Musik bewegen und die Haare ihren Bewegungen folgen. Schon nach kurzer Zeit haben sie junge Männer in ihren Bann gezogen, haben sie verzaubert und verhext!

Als sich der letzte Dunst auf der Brücke des Borlachturmes aufgelöst hat, nehmen Vater Borlach und der Saale-Alf erstaunt den dritten Geist wahr, der mit dem letzten Glockenschlag in ihrer Mitte erschienen ist, ein junges Weib von verwachsener Gestalt, mit einem Fellumhang und kleinen Rehbockhörnern als Kopfschmuck. Deutliche Entrüstung liegt in ihrer Stimme, als sie die beiden anfährt: „Was starrt ihr mich so entgeistert an? Fürchtet euch wohl vor mir? Und wer seid ihr denn überhaupt?" Als erster hat sich Borlachs Geist wieder im Griff. „Warum so grob, Weib? Wir wollten uns doch gerade vorstellen", lügt er schnell. „Also, ich bin Bergrat Borlach und habe diesen Turm einst erbauen lassen, auf dem du hier so plötzlich und unangekündigt erschienen bist. Und das hier ist der Geist der Saale, der Saale-Alf, den sie heute nur noch den Soleaffen nennen." Bei diesen Worten wird der Saale-Alf rot und blau im Gesicht, wodurch er wirklich eher einem Affen als einem Wassergeist gleicht. „Und wer bist du nun?", knurrt er deshalb das junge Weib an. „Man nennt mich heute die Schamanin von Dürrenberg. Einstmals, es sind einige tausend Jahre her, lebte mein Stamm hier am Ufer dieses Flusses. Es war ein gutes Leben. Liebliche Elfen trieben die Fische in unsere Netze und eine Solequelle sprudelte stetig aus der Erde und lieferte das begehrte Salz. Doch immer wieder trieb ein Saale-Alb hier sein Unwesen, überschwemmte das Land und riß alles mit sich, was er nur erreichen konnte, raubte, verwüstete und brachte viel Not und Leid. Mir stand es zu, ihn mit reichlichen Opfergaben milde zu stimmen, ihn zu bitten, unser Land zu verschonen. Viel später, als auch ich bereits in die Geisterwelt eingezogen war, bin ich auch seinem Sohn, dir, Saale-Alf, begegnet. Aber daran wirst du dich kaum noch erinnern können." Prüfend sieht sie daraufhin der Soleaffe an. Doch da sich ihm die Türen der Vergangenheit nicht öffnen, wechselt er schnell das Thema: „Ich bin heute nacht nicht erschienen, um mit uralten Hexen Erinnerungen auszutauschen. Nein, ich muß endlich mal wieder unter Menschen gehen, was erleben und den Zeitgeist in mich aufnehmen. Also, Vater Borlach, geht es jetzt los?" Nachdenklich sieht ihn der Bergrat an: „Uns drei verbindet dieser Ort, mit seiner Sole, der Saale und den Menschen, die hier und heute leben. Gehen wir doch etwas respektvoller miteinander um!" Stille tritt ein und wird doch jäh unterbrochen vom Viertelstundenschlag der Turmuhr. Gleichzeitig schiebt sich wieder eine kleine Wolke vor den Mond, läßt die Umgebung in zarter Dunkelheit verschwinden und macht die drei Geister wieder unsichtbar. „Schon wieder spüre ich diese eisige Luft!", beklagt sich Gabriele bei Gerd und drückt dabei ihren Arm fester an seinen Körper. Auch er spürt die Kälte, die sich überall ausbreitet und nimmt gleichzeitig ein unbehagliches Gefühl in seinem Körper wahr. Auch andere Personen in ihrer Nähe ziehen frierend die Schultern zusammen und rätseln, woher diese frostige Luft nur kommen könnte. „Da ist bestimmt der Solaffe wieder unterwegs und treibt seinen Schabernack mit uns!", witzelt Gerd mit einem schelmischen Grinsen im Gesicht. „Paß nur auf, daß der dich heute nacht nicht noch holt!", gibt Gabi zurück, währenddessen er gerade noch erschrocken wahrnimmt, wie der Geist in seinen Körper eindringt und von ihm vollständig Besitz ergreift. Auch Borlachs Geist sucht für diese Nacht einen Menschen, der mit ihm seelenverwandt ist und durch dessen Mund er am unauffälligsten sprechen kann. Da tippt ihn die Schamanin mit den Worten an: „Sieh Alter, der dort ist ein genauso stattlicher Kerl, wie Ihr einst wart, und dabei trägt er sogar noch euer Gewand und auch diese putzige Perücke auf seinem Kopf. Seht nur, welch respektablen Eindruck er auf die Leute macht, genau wie auch Ihr einst. Ich werde in sein Weib schlüpfen, so kann ich immer an Eurer Seite bleiben." „Daß Ihr über meine Perükke witzelt, ist schon komisch, tragt doch selber ein ganzes Geweih auf dem Kopf!", erhält die Schamanin noch zur Antwort, bevor Vater Borlach von der Person Besitz ergreift, die ihn in diesem Jahr verkörpert. Im selben Moment zieht wieder eisige Frische durch den Kurpark, bedeckt die japanischen Kirschblüten mit einer glitzernden Rauhreifschicht und läßt die Liebespärchen auf den Bänken erschaudern. Auch der altgediente Sänger auf der Bühne des Kurparks, der für einen guten Preis zu bekommen war, merkt auch unvermittelt mit seinem siebten Sinn, daß nun die Geister vergangener Tage umgehen, zwar von vielen gerufen und beschworen und doch kaum wirklich erwartet! Am Bierkiosk stößt derweil Jörg seinen alten Freund Heiner plötzlich heftig an. „Ich glaube, ich habe eben ein Gespenst gesehen. Hinter unserem Schmied ist es verschwunden!" Heiner sieht seinen Freund daraufhin abwägend an und beschließt, daß sie ab jetzt nur noch Faßbrause trinken werden.

Sonnabendnacht

Die Glocke des Borlachturms hämmert wieder die elfte Nachtstunde. Eisiger Nebel steigt aus der Tiefe von Saale und Borlachschacht hinauf zum Turm. Mit dem letzten Glockenschlag ist sie erneut vereint, die Dürrenberger Geisterwelt. Die Wolken hängen heute tief und schwer über der Stadt, bedecken sie mit einem faden, kalten Nieselregen. Echte, naturgemachte Kühle zwingt die Menschen zum Frieren. „Es war gestern eine herrliche Nacht, einfach entzückend", schwärmt der Saale-Alf den anderen vor, „und nun dieses Wetter. Dabei möchte ich sie, meine Gabi, doch heute unbedingt wiedersehen. Was tue ich nur, wenn sie nicht kommt? Vielleicht mache ich ein kleines, niedliches Hochwasser?" Die Schamanin verliert die Fassung und schreit regelrecht auf: „Natürlich ein Hochwasser, immer wieder ein Hochwasser. Ganze Dörfer hast du verwüstet, Fähren mit Mann und Maus versenkt, Dämme gebrochen und hast immer noch nicht genug?" „Ha, jetzt weiß ich, wo wir uns begegnet sind! Das war genau am 19. April 1695, als eine Fähre unterging und dabei drei Männer und vier Pferde mit in den Tod gerissen hat. Du warst es, die sich mir entgegenstellte und den Frauen mit ihren Kindern geholfen hat! Alte Hexe, du!"

Böse funkelt der Saale-Alf die Schamanin aus seinen uralten Augen an, aus denen nun jede Verliebtheit gewichen ist und nur noch Haß und Wut rot herausleuchten. „Was führt ihr einen Disput um Dinge, die schon so lange zurückliegen? Nach über 300 Jahren sollte man einen Streit beigelegt haben! Ich habe schließlich auch allen vergeben, die mir lange mißtraut und die mich angefeindet haben, als der Berg seine Sole nicht preisgeben wollte. Lange 19 Jahre mußten wir schachten, graben, Rückschläge hinnehmen und du, Solaffe, hast es uns auch mit deinen Streichen und Klamauk nicht leichter gemacht. Und trotzdem war es eine spannende Zeit mitzuerleben, wie Neues entstand, wie das Wissen über die Natur wuchs und zum Nutzen der Menschen Anwendung fand." Mit diesen Worten beendet Borlach das Streitgespräch und ergänzt nachdenklich: „Stellt euch nur mal vor, im Jahre 1689, ich war damals gerade zwei Jahre alt, wurde die Anna Maria Braune aus Ostrau, zum Amt Delitzsch gehörig, noch als Hexe auf dem Scheiterhaufen verbrannt. Und als ich 1768 in Kösen aus dem Leben schied, hatten sich bereits die Ideen der Aufklärung in ganz Europa verbreitet." Mit offenen Mündern und unendlichem Erstaunen in den Augen hören die beiden dem Bergrat zu, und so etwas wie ein Ausdruck von tiefer Verehrung legt sich auf ihre Gesichter. Die Schamanin faßt sich als erste wieder, rückt ihren Kopfputz zurecht, streicht sich verlegen eine widerspenstige Haarsträhne hinters Ohr und erklärt mit einem breiten Grinsen im Gesicht: „Meine Herren, ich denke, heute nacht werde ich Ihnen eine Probe meines Könnens geben." Mit deutlichem Stolz in der Stimme verkündet sie weiter: „Während Sie sich wieder unter die Leute mischen, werde ich mich um das Wetter kümmern. Wer Regenwolken herbeibeschwören kann, ist auch in der Lage, sie zu vertreiben. Aber dazu benötige ich etwas Zeit und viel Ruhe zur Sammlung meiner Kräfte, denn ich bin bestimmt etwas aus der Übung gekommen. Also, lassen Sie mich jetzt allein, sonst fällt das Feuerwerk doch noch buchstäblich ins Wasser." Sagt es, setzt sich auf den Boden der Plattform, schließt die Augen und beginnt, ganz leise archaische Beschwörungsformeln in den Nieselregen hinein zu murmeln, legt dann plötzlich den Kopf schief und fällt darauf in eine tiefe, magische Ohnmacht. Gabriele sitzt bereits eine Stunde mit Gerd im Festzelt, um resigniert festzustellen, daß von seinem gestrigen Charme, von seiner Verliebtheit nicht viel geblieben ist. Nein, gestern nacht war er ein anderer gewesen, wußte sie zu unterhalten, zu amüsieren, war zärtlich und besorgt zugleich gewesen. Doch jetzt schien er nur noch aus vielen greifenden und tatschenden Händen zu bestehen, die ununterbrochen bestrebt waren, Besitz von ihr zu ergreifen. Doch dann spürt sie plötzlich wieder diese unerklärliche Kühle um sich herum und gleichzeitig schaut sie Gerd aus tiefgrünen Augen zärtlich an. Er ist zurück! Endlich! Währenddessen ist Vater Borlachs Geist wieder auf der Suche nach diesem einen Menschen, in dessen Körper er sich am ehesten wohlfühlen kann, jemand, der ihm intellektuell und körperlich am ähnlichsten ist. Aber immer wieder läuft ihm nur so ein kleiner Gustav-Adolph-Krieger über den Weg. Ja, respekteinflößend und dem Original sehr ähnlich ist er schon, aber der hat die falsche Zeit gewählt und kommt somit für Borlachs Unterfangen nicht in Betracht. Endlich entscheidet er sich nach langem Suchen auch in der zweiten Nacht für den Schmied des Ortes. Dazu muß er zunächst erkundend durch die Stadt ziehen, entlang der Salinehäuser, über das Gradierwerk und letztendlich in den Kurpark von Bad Dürrenberg. Dort entdeckt er ihn, in seinen historischen Kleidern samt Perücke, hinter einer klitzekleinen Siedepfanne stehend, und im selben Augenblick nimmt er auch schon Besitz von ihm. Mit dem Erscheinen der Geisterwelt überziehen sich die Blüten der japanischen Kirschbäume wieder mit einer zarten Rauhreifschicht, frösteln die Besucher des Festes in der Nachtkühle und sehen sich nach wärmeren Plätzen um. Derweil ist Borlach in seinem Element, erklärt den vorbeikommenden Gästen den Prozeß der Salzgewinnung, rührt in der Pfanne die fette Sole, schöpft das Salz mit einer Lochkelle heraus und macht dabei wie in alten Zeiten seine Späße. Allmählich läßt der Regen wirklich nach, reißt die Wolkendecke an einigen Stellen auf und lockt weitere Besucher ins Freie hinaus. Borlach wirft einen dankbaren Blick zum Turm, wo die Schamanin noch immer beschwörend über der Stadt sitzt, um ihren Zauber zu vollenden. Schlagartig zur Mitternachtsstunde explodiert der Himmel in brennenden Farben, ziehen silberne Fontänen ihre Leuchtspuren, die sich mit den restlichen Glühpunkten zu einem feierlichen Spektakel vor der tiefschwarzen, sternenklaren Kulisse vermischen. Auch oben auf dem Borlachturm genießt die Schamanin am Geländer der Plattform das Feuerwerk, verzückt und nicht ohne Stolz über ihren Anteil an dem gelungenen Schauspiel. Einzig der Saale-Alf kommt nicht dazu, selbiges zu genießen, denn sein Genuß ist gerade von anderer Natur. Er hat Gabriele verführt in ein Reich aus Betörung und trunkenmachender Zärtlichkeit, in eine Liebe für zwei romantische Sommernächte, nach der sie sich für den Rest ihres Lebens immer wieder sehnen wird. Ebenso weiß der Bergrat diesen festlichen Höhepunkt zu genießen, freut sich, im Hintergrund die Musik seines Zeitgenossen Johann Sebastian Bachs zu hören und prostet deshalb den vorbeikommenden Besuchern leutselig mit einem Glas Sekt zu. Eine stille Zufriedenheit liegt auf seinem Gesicht. Er scherzt mit den Anwesenden und läßt sich mit den vorbeikommenden Honoratioren der Stadt auf ein Gespräch ein. Er erkennt sie an ihrem gepflegten sächsischen Dialekt, an ihren fundierten Kenntnissen über das Salinewesen, ihrem umfassenden Wissen über die bedeutende Geschichte der Stadt und erfaßt, mit wieviel Energie sie sich für ihr Wohl einsetzen. Leider scheinen sie aber ganz unterschiedliche Antworten auf die gleichen Fragen zu haben, teilweise sogar entgegengesetzter Ansicht zu sein, wie es mit der Stadt weitergehen soll. „Es scheint sich seit damals noch nicht viel geändert zu haben! Jeder kocht immer noch sein eigenes Süppchen", folgert Borlach nachdenklich und außerordentlich betrübt. Dabei hat er immer noch das Bild seiner Siedehäuser vor Augen, die er zu Beginn der Nacht durchstreift hat. Sie machten auf ihn den Eindruck, als ob ein verheerender Krieg über sie hinweggegangen wäre, vielleicht genauso verheerend, wie damals der siebenjährige Krieg mit Preußen. Dadurch hatte sich das Sachsenland mit der unglaublichen Summe von 40 Millionen Talern verschuldet! Deshalb brauchte der sächsische König viel Geld und ließ etwas Einmaliges, etwas total Neues schaffen, die Salinen in Kösen und Dürrenberg. Genau im Moment der trübsten Nachtgedanken, zu der ein Geist fähig sein kann, wird er von einem Mann mit Schnauzer und einem starken ungarischen Akzent angesprochen: „Na Meister, was macht die Siedekunst? Keiner der Stadtväter beherrscht das so gut, wie Ihr!" Vater Borlach sieht auf und weiß, das kann nur der Bürgermeister sein, denn schon vor 1000 Jahren waren die Ungarn erpicht auf dieses Land. Mit Gewalt mußten sie damals wieder vertrieben werden, in der Schlacht am Keuschberge. Das war 933, als König Heinrich I. seine Krieger anführte, einen großen Troß aus schwerer Reiterei, gegen den die Ungarn auf ihren leichten Pferden keine Chance hatten. Und während danach die toten Ungarn ihre letzte Ruhe in Skölen fanden, wurden die zwei gefallenen kaiserlichen Ritter am Keuschberg beigesetzt, dort, wo heute die evangelische Kirche steht, deren Vorgängerin deshalb auch zwei Türme hatte. Doch die Schlachtrufe der Krieger, das ungarische „Hui, Hui, Hui," und das deutsche „Kyrie Eleison, Herr, erbarme dich" sind bis zum heutigen Tag in stürmischen Nächten zu hören, wehen weit vom Ufer der Saale herauf, über den Kurpark, den Keuschberg, um sich schließlich am Rand der Stadt zu verlieren. Dann läßt sich kaum noch ein echter Dürrenberger auf den Straßen der Stadt sehen, dann werden die Jalousien geschlossen, dann irren nur noch unwissende Zugezogene, sich langweilende Jugendliche und die schwarzen Zwerge draußen herum. Nun also scheinen die Ungarn hier doch Fuß gefaßt zu haben, friedlich und ohne wüste Feldzüge. Geist Borlach erwidert dem ersten Bürger der Stadt: „Ja die Siedekunst! Sie ist wohl heute nur noch was für Schwärmer und Traumtänzer. Die meisten, die hier vorbeigehen, meinen, hier wird eine Suppe gekocht. Bürgermeister, das muß sich ändern! Dürrenberg muß wieder eine Stadt des Salzes werden!" Erschrocken sieht der Angesprochene auf, betrachtet prüfend sein Gegenüber und gibt schließlich in seinem besten Ungarisch-Deutsch zur Antwort: „Darüber, Meister, sprechen wir in der nächsten Stadtratssitzung. Wir werden uns etwas einfallen lassen. Viel Spaß noch heut nacht!". Und schon ist er weitergegangen. Seine Gedanken sind jetzt so schwer wie Blei, erdrückend, lähmend!

Wie soll er bei leeren Stadtkassen solche Idealbilder umsetzen? Borlach hin und her! Das war doch lange vor seiner Zeit als Bürgermeister! Und keiner vor ihm hat es vermocht, Borlach ein würdiges Andenken zu setzen! Na ja, bis auf den Brunnen vor dem Borlachturm allenfalls. Während er weitergeht, spürt er Borlachs Geist an seiner Seite oder vielleicht doch eher in seinem Nacken? Auch Vater Borlach seufzt tief auf, rührt gedankenverloren seine Sole weiter um und kommt schließlich zu der Einsicht: „Schaden könnte es ja eigentlich auch nicht, wenn ich darin neben Soleiern auch ein Paar Würstchen heiß machen würde." Dabei wirft er einen schon fast neidischen Blick auf die benachbarte, gut besuchte Würstchenbude. Am Musik-Pavillon drängeln sich zur gleichen Zeit tanzend, klatschend, feiernd die Menschen. Vor allem junge Leute lassen sich von den Rhythmen mitreißen und mitten unter ihnen sind auch die fünf Saalenixen, hübsch anzusehen, wie sie sich dem Tanze leicht und fast schwebend hingeben, wie sie ihre Tänzer mit ihren strahlenden Augen verführen wollen. Es ist ihre Nacht, denn auf eine nächste Gelegenheit werden sie lange warten müssen, weit unten in den Tiefen der Saale. Inzwischen legt der DJ den allerletzten Song auf, diesen einen Song zum Kuscheln, zum Abschied. Die stille Musik weht über den Park, verliert sich in den Gassen der Stadt, fließt runter an die Ufer der Saale und verbindet sich dort mit dem Rauschen des uralten Flusses. Dorthin zieht es schließlich die fünf Pärchen, nachdem der letzte Ton der Musik sich im Unendlichen verloren hat. Sie scherzen, lachen und scheinen alle Zeit vergessen zu haben, die Nixen und ihre Verehrer. Da steigt unvermittelt ein Nebelschleier von der Saale auf, stetig dichter werdend, umschließt die jungen Menschen, behindert das

Sehen und verhüllt das Geschehen. Nachdem er sich wieder gehoben hat, entdecken die jungen Männer staunend, daß sie allein am Wehr stehen. Von ihren überirdisch Schönen, mit den wallenden, blonden Haaren und der elfenhaften Gestalt ist nichts mehr zu sehen. Überrascht und erschrocken sehen sich die Jungen um, um schließlich festzustellen: „Das war ja ein unglaublicher Trick der Mädchen! Wie sind die nur so schnell und so spurlos verschwunden?" Die Nixen sehen ihnen dabei aus den Schaumkronen des sprudelnden Wehrwassers zu, wobei sich zunehmend eine untröstliche Stimmung wie ein dunkles Gewand auf die nächtliche Szene legt. Würde jetzt eine einzige Träne das Ufer berühren, könnten sie endlich in der Gischt des Flusses zum Meer strömen, fänden sie endlich die langersehnte Erlösung im Kreislauf des Seins. Doch auch in dieser Nacht gibt es nur Staunen, Wundern und ein beklemmendes Gefühl über das Erlebte bei den Begleitern der Nixen, aber für eine Träne reichen die Gefühle noch nicht aus. Unterdessen kommt langsam und aufs engste umschlungen auch ein anderes Pärchen zum Wehr. Sie zählen nicht die vielen Stufen vom Borlachturm herunter zum Flußlauf, bleiben schließlich am Geländer des Wehres stehen und werden vom Brausen und Dröhnen des Wassers in seinen Bann gezogen. Nachdenklich meint schließlich Gabriele: „Wenn man so in die tosende Strömung sieht, bekommt man direkt Ehrfurcht vor dem Wasser und den Kräften der Natur. Weder zu viel noch zu wenig sind für uns wünschenswert, immer sind wir auf das Gleichgewicht der Kräfte angewiesen. Doch die Natur hat ihre eigenen Spielregeln, richtet sich nicht nach den Wünschen der Menschen!" Erstaunt entgegnet darauf Gerd: „Du hast völlig recht mit deiner Meinung. Auch ich bin der Auffassung, daß das Menschengeschlecht wieder Demut vor den Gewalten der Natur lernen muß, daß es aufhört, die Natur beherrschen zu wollen. Dabei können wir uns hier auf Erden allenfalls einrichten und sollten deshalb wieder Achtung und Liebe zur Schöpfung entwickeln." Mit diesen Worten zieht er Gabi eng an sich, streichelt ihr liebevoll über das Haar und gibt ihr einen innigen, in sich selbst verlierenden Kuß. Im gleichen Moment verkündet die große alte Uhr am Borlachturm die dritte Morgenstunde und holt beide unsanft in die Realität zurück. Dabei muß Gabi unvermittelt und mit viel Kummer an den Soleaffen denken, der am nächsten Mittag im Umzug in einem Käfig eingesperrt, als Synonym für die gebändigte Naturgewalt, durch die Stadt gezogen wird. Währenddessen geht mit Gerd wieder eine seltsame Veränderung vor sich. Das strahlende Funkeln seiner Augen wird kleiner, unfaßbarer, bis es endgültig erlischt. „Komm, laß uns gehen. Es ist kalt und ungemütlich hier. Ich möchte jetzt nach Haus", erklärt er kurz, die gesamte Romantik des Augenblicks in einem einzigen Moment vertreibend. Und während beide nebeneinander kühl und steif zurückgehen, kündigt das Morgengrauen bereits den neuen Tag im Osten an, bereitet sich der junge Tag schon auf den Morgen vor. „Na, Herr Saale-Alf oder besser Herr Soleaffe, wie war die Nacht? Bist du auf deine Kosten gekommen?" Mit diesen Fragen wendet sich Borlach, wieder zurück auf der Brücke des Borlachturmes, an ihn. Auch die Schamanin sieht den Wassergeist fragend und erwartungsvoll an. „Seid nicht so neugierig!", antwortet der darauf, „wir haben uns die gesamte Nacht nur über bedeutsame und gewichtige Fragen zur Natur unterhalten, so auch über die Beherrschbarkeit ihrer Gewalten. Jetzt erst verstehe ich, warum man mich bei jedem Umzug in einem Käfig den Leuten zur Schau vorführt. Sie haben anscheinend immer noch Angst vor meiner Unberechenbarkeit, aber leider keinen richtigen Respekt mehr! Ich werde sie mal wieder mit einer fachgemäßen Flut belehren." Enttäuscht schüttelt daraufhin die Schamanin den Kopf, während sie an den Saale-Alf gerichtet meint: „Du bist nun schon tausend Jahre alt und wunderst dich immer noch über die Menschen?" Währenddessen geht Vater Borlach auf der Brücke des Turms nachdenklich auf und ab, prüft mit einem besorgten Blick das aufziehende Morgengrauen und wendet sich darauf an die zwei anderen Dürrenberger Geister: „Es ist Ruhe eingekehrt in der Stadt, und der neue Tag blinzelt mich bereits im Osten an. Laßt uns deshalb nach einem Asyl umsehen, wo wir unseren vierten Gesellen, den Solezwerg, erwarten und das Gespräch weiterführen können. Ich schlage euch meine Salinehäuser vor! Da kommt bestimmt keiner rein, da drinnen gruselt es selbst einem altgedienten Geist!" – „Tolle Idee von dir", antwortet die Schamanin, „dann stimmt sogar der Vers aus dem Heimatlied: ‚…und aus den alten Fenstern blickt die Vergangenheit'!" Kurz darauf umhüllt eine Nebelwolke die Spitze des Turmes und schwebt in einer fast andachtsvollen Weise nach unten zum Borlachbrunnen, wo ein kleines Rinnsal der Solequelle seit vielen Jahren ins Freie sprudelt und die Entschlossenheit eines Johann Gottfried Borlach bezeugt, der vor 250 Jahren zu ihr durchdrang und an die Erdoberfläche holte. Man fühlt gleichsam: Solange hier die Sole ins Freie sprudelt, wird auch Borlachs Geist sich eng mit dem Geschick dieser Stadt verbunden fühlen. Die Wolke verharrt einen Augenblick vor dem Brunnen, und als sie weiterzieht, ist es, als ob eine Nebelhand liebevoll über die grauen Steine des Beckens streichelt. Eine

Windböe vom Ufer der Saale treibt die Wolke weiter, über die Häuser der Salineschreiber, direkt auf die dunklen, ruinenhaften Salinehäuser zu. Groß und mächtig stehen sie hier, stehen hier vom Beginn der Saline an und scheinen dem Zeitgeist trotzen zu wollen und hoffen immer noch auf ein neues Leben in ihren Mauern. Sie harren aus! Nun ziehen in dieser Nacht die Geister der Vergangenheit in die großen, leeren und halb verfallenen Hallen ein, vom Mondlicht beleuchtet, das durch die Lücken im Dach auf die imaginäre Szene fällt. Da schlängelt sich durch die kaputten Fenster eine weitere Wolke, viel kleiner, viel weißer als die vorherigen. „Sieh an, der Herr Solezwerg hat es endlich auch geschafft! Deine Rundgänge durch das Gradierwerk werden auch immer länger, wobei das selbige doch immer kürzer wird", spricht der Soleaffe ihn ironisch an. Doch der Zwerg hat in dieser Nacht keinen Sinn für die Spöttelei des anderen. Er sieht abgekämpft und müde aus. Seine weiße Kutte ist schmutzig, die Zipfelmütze hängt ihm tief ins Gesicht, der Bart ist zerzaust und das goldene Becherchen für die Sole hat seinen Glanz fast eingebüßt. So antwortet er zur Überraschung aller Anwesenden: „Ja. Ich habe meine Gradierwerke inspiziert und bin mit dem Zustand der Anlage zufrieden. Doch dann verspürte ich den unwiderstehlichen Drang, mich auch in deinem Reich, Herr Soleaffe, umzusehen. Ich mußte mich mit eigenen Augen davon überzeugen, wie es um die Quelle steht, ob sie auch richtig von dir gewartet wird! Ich wollte sehen, was mit den alten Stollen ist, ob sie stabil und sauber sind. Deshalb komme ich so spät und sehe so wüst aus." Erstaunt sieht ihn der Soleaffe an und fragt sich, was der Kleine damit wohl meint. Deshalb poltert er auch eher unwirsch zurück: „Hoffentlich hast du danach auch unsere Geheimpforte wieder gut verschlossen! Du kennst doch deine Verantwortung, vielleicht solltest du das noch mal prüfen!" Mit einem besonders ernsthaften Blick erklärt daraufhin der Zwerg: „Ich versichere hiermit hoch und heilig, daß ich sehr umsichtig vorgegangen bin", und reckt dabei seinen vergoldeten Finger in die Höhe. So geben sich alle zufrieden und das Gipfeltreffen der Dürrenberger Geisterwelt kann beginnen.

Das Gipfeltreffen

Dort, wo damals Borlachs Siedepfannen standen, in diesem langen Raum mit der größten Bedeutung zu seinen Zeiten, dort bilden die vier einen imaginären Kreis, beschrieben von den Händen der Schamanin. Daraufhin erheben sich aus dem Boden krachend und dröhnend eine Tischplatte aus glitzerndem Salzgestein und vier ebensolche Sessel, prachtvoll mit anmutigen Mustern verziert und in einem zartblauen Licht erstrahlend, der Würde des Augenblicks angemessen. Die Geisterwelt nimmt Platz, das Gipfeltreffen beginnt, beleuchtet vom milden Licht des durchscheinenden Mondes! Zur gleichen Zeit sind Gabriele und Gerd auf dem Heimweg. Kurz vor dem Melle-Tor kommt unvermittelt eine Gruppe Jugendlicher auf sie zu. Sie tragen schwarze Kleidung, haben die schwarzen Kapuzen ihrer Shirts tief ins Gesicht gezogen und wirken mit ihren schwarzen Springerstiefeln gewollt bedrohlich und aggressiv. Es sind die schwarzen Solezwerge, die keiner ruft und die immer dann auftauchen, wenn sie keiner erwartet. Die Gruppe baut sich vor dem Pärchen auf, mit Bierflaschen in den Händen und bedrängt es grölend. Hinter dem Paar ist das Gradierwerk, vor ihnen die aufgebrachte Bande. Verzweifelt suchen beide einen Ausweg, gehen dabei immer weiter zurück, auf die salzverkrustete Hecke zu und finden sich unvermittelt und allein in einem dunklen feuchten Raum, einem unterirdischen Gang wieder. Unablässig tropft hier von der Decke des Stollens Wasser, salziges Wasser, wie sie mit einigem Erschrecken feststellen müssen, wobei das Leuchten dieser Tropfen die einzige Lichtquelle in der vollkommenden Finsternis des Schachtes ist. Sobald sich die Tropfen von der Decke lösen, strahlen sie in einem blaßblauen, kalten Licht auf, das sofort wieder erlischt, wenn der Boden erreicht wird. Es ist ein Licht, das gerade ausreicht, um die Umrisse der Umgebung zu zeichnen, mehr verunsichernd als Richtung gebend, ein Licht ohne Schatten, da es von allen Seiten auf sie einfällt, ein Licht, das fröstelnd macht. Doch auf seinem Weg zum Boden reflektiert es hundertfach an den Salzkristallen der Wände, verzaubert den Weg auf eine metaphysische schöne Art und Weise. Das Wasser selbst sammelt sich in einem dünnen Rinnsal am Boden, immer fließend, immer in Bewegung bleibend. Gerd sieht sich um, überlegt und schlägt schließlich vor: „Wir werden einfach dem Weg des Wassers folgen, dann kommen wir hier schon wieder heraus!" Aber die Zweifel, die ihn plagen, kann er nur mühsam herunterspielen. „Nein!", antwortet Gabriele bestimmt, „wir müssen den Ausgang suchen, sonst verirren wir uns hier!" Also tasten sie sich an den feuchten Wänden des Gesteins entlang, immer bemüht, dem Rinnsal zu ihren Füßen auszuweichen. Doch plötzlich gabelt sich der Weg in entgegengesetzte Richtungen, wobei das Gefälle des Bodens hier stärker wird und das Wasser bedeutend schneller seinem unbekannten Ziel zustrebt. Sie entscheiden sich für den etwas breiteren, komfortableren Weg, weil er den Eindruck vermittelt, von Menschenhand geschaffen zu sein. Er muß demzufolge einen Sinn, eine Aufgabe haben, könnte sie vielleicht aus dem Irrgarten wieder herausführen. „Was weißt du eigentlich über die Stollen, die damals Borlach zur Schachtabteufung hat graben lassen", will nun Gabi von Gerd wissen, „vielleicht haben wir uns in einem derartigen hier verirrt?" – „Ich habe keine Ahnung, worüber du sprichst! Natürlich konnte der Bergrat in den zwanzig Jahren eine Menge Stollen graben lassen. Mach dir trotzdem keine Sorgen, wir werden hier schon wieder heil herauskommen!", lautet seine knappe Antwort. Doch Gabi will sich mit seiner kargen Auskunft nicht begnügen und so beginnen sie, genervt darüber zu streiten, wer eigentlich Schuld an ihrem Problem, an ihrem Dilemma trägt.

Im Saline-Haus 3 beraten zur gleichen Zeit die Geister vom Dürren Berge, prüfen, beraten, verwerfen Pläne, was aus den leerstehenden Salinehäuser werden soll, wie man sie vor dem endgültigen Verfall bewahren könnte. Es gibt die unterschiedlichsten Vorschläge, die auch heftig diskutiert, verworfen und abgewogen werden. Nur in einem sind die vier sich einig, die leerstehenden Hallen müssen erhalten bleiben und wieder einem Nutzen zugeführt werden, da sie ein wesentlicher Bestandteil der Dürrenberger Geschichte sind. Der Soleaffe würde daraus am liebsten einen Abenteuerspielplatz für Kinder machen, die Schamanin eine Begegnungsstätte für Jung und Alt, und der Solezwerg sieht in den alten Hallen eine Stätte für die verschiedensten Heilbehandlungen mit der guten Dürrenberger Sole, vom Solebad über Solesaunen bis zu den unterschiedlichsten Inhalier-Hallen. „Eure Vorschläge sind ja alle recht gut", meint Borlach, „bedenkt aber, wie immens groß das Gelände ist! Da kommen wir mit euren Auffassungen nicht weit genug. Es müßte das Schmuckstück der Stadt werden, ein Erholungs- und Freizeitzentrum für Leute aus nah und fern. Eure Vorschläge können demzufolge nur ein Teil des Projekts sein. Es muß doch möglich sein, die Sole auch heute noch zu verwerten, den einmal gehobenen Schatz wieder einem einträglichen Nutzen zuzuführen."

„Borlach, du hast gut reden", gibt der Saale-Alf zu bedenken, „zu deiner Zeit wurde der Bau der Saline vom sächsischen König finanziert. Könige gibt es aber in Deutschland seit 1918 nicht mehr! Wer also soll das Geld für so ein Riesenprojekt zur Verfügung stellen?" Borlach holt tief und schwer Luft, bevor er darauf antwortet: „Ja, der sächsische König war durch den Siebenjährigen Krieg schwer verschuldet, mußte also nach neuen Einnahmequellen suchen. Dabei kam er auf die Idee mit dem weißen Gold, auf die Idee, nach Salz zu suchen und fand auch Investoren dafür! Wir müssen also auch nur so einen Investor, so ein Finanzgenie finden, so einen, wie es sie an den Börsen zu Tausenden gibt. Nur, wie bekommen wir den nach Bad Dürrenberg?" Mit diesen Worten macht Borlachs Geist allen klar, wie immens schwer die vor ihnen liegende Aufgabe sein wird. Dementsprechend legt sich bei den letzten Worten des Bergrates dem Soleaffen die Stirn in ein Feld von frischgefurchten Falten, ziehen sich seine Mundwinkel schräg nach unten, verengen sich seine alten, dunkelgrünen Augen. Der Solezwerg vergißt fast das Atmen und läßt die kleinen Ärmchen mutlos sinken, wobei ihm sein goldenes Becherchen aus den Händen und mit einem glockenhaften Klang zu Boden fällt. Dieser helle, klare Ton holt sie alle wieder zurück, reißt sie heraus aus einem trüben, hoffnungslosen Gedankenspiel. Mit funkelnden Augen herrscht der

Soleaffe fast im gleichen Moment den Zwerg unvermittelt an: „Du weißt selbst, daß du immer wieder etwas vergißt! Mal suchst du deinen goldenen Becher, mal dein weißes Cape. Das Tor ist noch offen! Ich spüre es regelrecht körperlich, wie dort unten jemand verzweifelt um Hilfe fleht. Geh endlich und bring die Sache in Ordnung!" Verdrießlich und vor sich hin maulend macht sich darauf der Solezwerg nun wirklich auf den Weg zu der dem Menschen bislang unbekannt gebliebenen unterirdischen Welt mit ihren funkelnden und glitzernden Salzkristallen und der allzeit tropfenden Sole. Doch einen letzten Kommentar muß er noch loswerden: „Immer wenn es interessant wird, werde ich weggeschickt. Auch ich habe ein Mitspracherecht, denn ich bin für den wichtigsten Teil des Gradierwerkes verantwortlich. Während du, Soleaffe, in seinem Brunnen hockst (dabei zeigt er auf Vater Borlachs Geist) und den Winter verschläfst, muß ich mich täglich um die Salzlösung, ihre Reinheit und Sättigung kümmern. Bei so viel Arbeit kann man auch schon mal etwas vergessen!" Sagt es und ist im nächsten Augenblick auch schon verschwunden. „Die kleinsten Personen sind doch immer die unangenehmsten", sinniert die Schamanin vor sich hin und rückt sich dabei wieder ihren Knochenschmuck zurecht. „Das habe ich gehört!", kommt es daraufhin aus den Tiefen der Gemäuer zurück.

Die Tropfen, die beharrlich von der Decke des Gesteins fallen, durchnässen nach und nach die Kleidung von Gabi und Gerd, kühlen ihre Körper aus und vermischen sich mit den Tränen, die ungewollt über Gabis Gesicht laufen. Sie kann sie nicht mehr zurückhalten, zu groß sind ihre Angst, die Erschöpfung und ihre Verzweiflung. Da deutet Gerd zum Boden des Stollens, zeigt auf kleine Kegel, die weiß und glänzend, wie mit Diamanten-staub gepudert, aus dem Boden zu wachsen scheinen. Vorsichtig streicht Gabi über die Oberfläche, erfreut sich kurz an der Schönheit diese Naturwunders, um schließlich deprimiert festzustellen: „Wenn wir hier nicht bald rauskommen, sehen wir letztendlich auch so aus." Gabi hat ihren Satz noch nicht beendet, als beide aus der Tiefe der Unterwelt ein aufbrausendes Grollen hören, das immer näher und immer näher kommt. Im Stollen wird es finster, tiefe Dunkelheit breitet sich aus. Gabriele und Gerd werden von einem Grauen erfaßt und können sich nicht erklären, was da auf sie zukommt. Ängstlich suchen sie nach der Hand des anderen und drücken sich schutz-suchend an die Wand des kalten feuchten Schachts. Un-aufhaltsam kommt der Lärm näher, differenziert sich in den Donner einer galoppierenden schweren Reiterei und einem uralten Schlachtruf, der laut und deutlich durch die Gänge schallt. Das „Kyrie Eleison, Herr, erbarme dich" erzeugt bei beiden eine Gänsehaut, die ihnen zunächst über den Rücken läuft, und der unheimliche Schlachtruf dringt ins Innerste ihres Körpers. „Was ist das?", flüstert Gabriele in die Dunkelheit, aber Gerd kann ihr keine Antwort geben. Mit dem Lärm kommt zusätzlich eine Welle aus eisiger Kälte auf sie zu. Plötzlich wird die un-sichtbare Schar still, verharrt direkt vor ihnen. Nur das ungeduldige Schnauben der Pferde ist noch zu hören, bis die Meute ebenso plötzlich und unvermittelt wieder mit Donner und Toben ihren Weg fortsetzt, stetig leiser wer-dend, bis sie die Finsternis endgültig verschluckt. So, wie der Lärm verschwindet, kommt das Licht wieder zurück und macht am Ende des Ganges eine Gestalt sichtbar, die langsam auf sie zukommt. Mit seinen dünnen Beinen, einem weißen Cape mit Kapuze, sowie einer beachtlich langen Nase in dem kleinen Gesicht, ist der Zwerg schon eine recht seltsame Erscheinung. Aber es ist endlich jemand da, der ihnen vielleicht aus diesem Irrgarten heraushelfen kann. Das Gesicht des kleinen Mannes ist purer Vorwurf und so überschüttet er die beiden auch zunächst mit einer Salve von Vorhaltungen. Was sie eigentlich hier zu suchen haben, hier in seiner Welt, warum sie die Keuschberger Geister aufgeweckt hätten und wie lange sie hier noch herumzulaufen wünschten. Gerd und Gabi sind so erschrocken, daß ihnen keine plausible Antwort einfällt. Durch ihr Schweigen verunsichert, brummt der Zwerg beide nun schon friedlicher an und fordert sie auf, mit ihm zu kommen. Mit seinem aufgerichteten goldenen Fingerchen, das wie eine Laterne im Dunkeln leuchtet, führt er sie durch eine Vielzahl unterirdischer Gänge, die nun in den mannigfachsten Farben das Licht des Solezwergs von den Wänden reflektieren. Unvermittelt bleibt der nach einer endlos erscheinenden Wanderung durch die Dürrenberger Unterwelt stehen und tippt mit seinem goldenen Finger an eine Wand, die sich daraufhin öffnet. In dem Moment stehen Gabi und Gerd wieder im Freien und sind endlich ihrem Verließ entkommen. Mit einem kräftigen rosa Schein am Himmel kündigt sich bereits der neue Tag an. Nach Stunden des Herumirrens saugen sie die frische Luft tief ein, nehmen die Helligkeit dankbar an und sind glücklich, wieder „übertage" zu sein. Sie wollen dem Zwerg danken, doch der ist bereits verschwunden, und das Mauerwerk hat sich fest verschlossen.

Auch in das alten Siedehaus zieht der Morgen langsam, aber auch unaufhaltsam wieder ein und nimmt damit den Geistern ihre Kraft. Sie verlieren ihre Gestalt, verlöschen weiter mit jedem neuen Sonnenstrahl, bis nichts mehr von ihnen bleibt. Mit einem tiefen, traurigen Seufzer entschwinden sie wieder aus Zeit und Raum und müssen zurück in die Welt der grauen Schatten. Ist ihre Konferenz gescheitert? Ein ganzes Jahr werden sie nun auf eine neue Chance warten müssen, um neue Ideen und neue Pläne für ihren Ort zu erörtern. Vielleicht haben aber auch in der Zwischenzeit die Stadtväter etwas Einmaliges, etwas Originelles für ihren bejahrten, geschichtsträchtigen Ort auf den Weg gebracht und geben ihm damit eine neue Zukunft. Höchstwahrscheinlich müssen die Geister aber auch helfend eingreifend. Deshalb wollen sie sich im nächsten Jahr wiedertreffen!

Sonntagabend

Zur Abenddämmerung bilden sich am Horizont, dem Saaleufer folgend, vier seltsam geformte Wolken. Man könnte meinen, es wären die Geister der Stadt, die ihre Arme ausstrecken und schützend über ihre Stadt halten. Als Gabi an diesem Abend zum Firmament sieht und das Wolkenspiel betrachtet, beschleicht sie plötzlich eine tiefe Traurigkeit, befällt sie eine unerklärliche Abschiedsstimmung. Fast aus dem Nichts erscheint in diesem Moment eine Sternschnuppe, zieht in einem langen Bogen über die Wolken hinweg und fordert alle Betrachter zum Wünschen auf. Gabi schließt fest ihre Augen und hat eine Vision: *Sie steht zusammen mit Gerd, dem Gerd mit den tiefgrünen Augen, vor den morschen Salinehäusern, die im gleichen Moment langsam in sich zusammenfallen. Eine ausgedehnte Freifläche entsteht und öffnet den Blick bis zum Horizont, weit und ungewohnt, aber sehr schön! Sie fühlt, hier wird bald etwas Neues entstehen! Als sie die Augen wieder öffnet, sind die Wolken verschwunden, versinkt eine blutrote Sonne am Horizont in die Nacht und nur die beleuchtete Silhouette von Leuna und Spergau bleiben funkelnd im Abendlicht zurück.*

Rüdiger Paul

Die Ewigkeit hat sich nur ausgeruht

Zum Bus eilen, bis in alle Ewigkeit? Sollte es das sein, mein Arbeitsleben lang?

Richtung und Ziel, ja sogar der Fensterplatz standen fest. Wie das Amen in der Kirche.

Damals, fünfundzwanzigjährig, befielen mich arge Zweifel.

Um den morgendlichen Fesseln zu entfliehen, nahm ich meist ein Taschenbuch aus der Mappe und tauchte für etwa zwanzig Fahrminuten einfach ab.

Der Roman *Das Bildnis des Dorian Gray* von Oscar Wilde lag aufgeschlagen in meinen Händen. Nach den ersten gelesenen Sätzen lebte die bisherige Handlung wieder auf:

Hauptperson des Romans ist der junge Dorian Gray. Er läßt sich vom Maler Basil Hallward porträtieren. In einem Anflug von Angst fragt Dorian, warum nicht das gemalte Ölbild altern könne und dafür sein Körper ewig jung bliebe? Nach einiger Zeit bemerkt Dorian Veränderungen an dem Bild. Wesenszüge seines Porträts ändern sich. Allmählich beginnt der Held des Buches, sich Gedanken zu machen, wie er dieses Bild den neugierigen Blicken der Welt entziehen kann.

Während der Fahrt las ich im Buch folgendes:
Doch es gab im Hause keinen anderen Raum, der vor neugierigen Augen so sicher war wie dieser. Er besaß den Schlüssel, und niemand anders konnte ihn betreten. Unter seiner Purpurdecke

konnte das gemalte Gesicht auf der Leinwand tierisch aufgedunsen und schmutzig werden. Was lag daran? Niemand konnte es sehen. Nicht einmal er selbst würde es sehen. Warum sollte er die gräßliche Fäulnis seiner Seele beobachten? Er behielt seine Jugend – das genügte. Und außerdem konnte es nicht sein, daß er sich besserte? Es war kein Grund vorhanden, daß die Zukunft so schmachtvoll sein mußte.

Ihm konnte Liebe begegnen und ihn läutern und vor jenen Sünden beschirmen, die sich in seinem Fleisch bereits zu regen schienen – vor jenen unbekannten, gestaltlosen Sünden, denen gerade das Rätselvolle die erlesene Feinheit und den Reiz verschaffte. Eines Tages würde vielleicht der grausame Zug um den scharlachroten, sinnlichen Mund verschwunden sein, und er könnte der Welt Basil Hallwards Meisterwerk zeigen.

Nein, das war unmöglich. Stunde um Stunde und Woche um Woche wurde das Leinwandgeschöpf älter. Es mochte der Scheußlichkeit der Sünde entgehen, aber die Scheußlichkeit des Alters war ihm vorbehalten. Die Wangen würden hohl und schlaff werden. Gelbe Krähenfüße würden um die verblaßten Augen kriechen und sie zu einem gräßlichen Anblick machen. Das Haar würde seinen Glanz verlieren, der Mund klaffen oder herabsinken, einfältig oder plump, wie die Münder alter Leute nun einmal sind. Dann der verschrumpelte Hals, die kalten Hände mit den dicken blauen Adern, der gekrümmte Körper, wie er es von seinem Großvater in Erinnerung hatte, der in seiner Kindheit so streng gegen ihn gewesen war. Das Bild mußte verborgen gehalten werden. Da half nichts.

Im Lesen hielt ich inne und schaute auf.

Leise klopfte es bei mir an, das Gefühl der Vergänglichkeit.

Wie von fremder Hand geschoben, kreuzte mein Blick ein nie so bewußt wahrgenommenes Bauwerk. Hinter der beschlagenen Busscheibe bewegte sich entgegen der Fahrtrichtung die Beunaer Hoppenhauptkirche.

Genau für diesen einen Moment legte sich schemenhaft mein Spiegelbild vor die Umrisse der Kirche. Gedanken vermischten sich mit dem Gelesenen. Eine vernagelte Tür und das eingefallene Dach ergänzten sich mit meinen Vorstellungen. Gleichsam fahrend, entfernte sich die Kirchenruine wieder aus meinem Blickfeld.

Gewiß hatte der Baumeister Johann Michael Hoppenhaupt beim Planen und Errichten des Bauwerkes an die Ewigkeit gedacht.

Seit etwa zwanzig Jahren verfällt dieses Kleinod zusehends. Im Laufe dieses Prozesses entfernte sich das Bauwerk mehr und mehr von den Menschen. So gesehen dauerte die Ewigkeit an diesem Platz gerade mal zweihundertfünfunddreißig Jahre.

Auf der Rückfahrt nahm ich den zwischen Oscar Wilde, der Kirche und mir gesponnenen Faden wieder auf.

Verbarg diese Kirche hinter den alten Mauern ein Geheimnis? Hatte gar schon jemand mein Bild an diesem unbekannten Ort abgestellt? Oscar Wildes Theorie und meine Phantasie hüllten das Gemäuer in einen nebulösen Schleier.

Sollte sich etwa mein imaginäres Ebenbild im gleichen Maße ändern, wie die Sandsteinmauern Jahr für Jahr ihren einstigen Glanz verloren?

Wie soll sie aussehen, die von Wilde beschriebene, gräßliche Fäulnis meiner Seele? Verborgene Neigungen, Vorlieben, Ahnungen, all diese Wegbegleiter erschienen mir schützenswert. Von Gräßlichkeit waren sie weit entfernt. Die kleinen Kerben, welche sich in jedem Lebenslauf finden lassen, gruben sich noch nicht wesentlich in die Haut ein.

An jenem Morgen wurde die Kirche zu einem Sinnbild. Dort drinnen schlummerte etwas Verborgenes, mir Eigenes.

Mehr und mehr interessierte mich die Entwicklung auf der Leinwand hinter dem verstaubten Laken. Welche Begebenheiten haben bislang Spuren hinterlassen und wie verändern sie das äußere Bild?

Im Wendejahr 89 stürzte die Turmhaube der Kirche ein. Das für die Ewigkeit erschaffene Bauwerk mutierte nun endgültig zur Ruine. Zu einem weit sichtbaren Symbol der Endlichkeit. Wie ein verwundeter Zeigefinger reckte sich der Turm über das Kirchenschiff, als wollte er sagen: „Vergeßt mich nicht!"

Diesem Haus hatte ich ein anderes Leben gewünscht. Somit mußte ich, in Gedanken, mein Porträt endgültig unter den Trümmern des Turmes begraben.

Mauern fallen, das Leben wird turbulenter.

Ich gehe über Land und mit mir rinnt die Zeit. Dreißig, vierzig, fünfzig Jahre alt – so rasant ist das Schrittmaß. Oscar Wilde begegnet mir in der Zwischenzeit des öfteren, jedoch die Geschichten sind andere.

Meine Betrachtungen verblassen mehr und mehr. Wie auf einem übermalten Ölbild erkennt man nur noch schemenhaft die vorherige Aussage.

Eines Morgens schlage ich die Zeitung auf, ein Foto zeigt unverkennbar die Hoppenhauptkirche mit einem neuen Dach.

So erfahre ich, daß sich seit einigen Jahren ein Verein der Erhaltung und Restaurierung des barocken Bauwerkes angenommen hat. Zielstrebig wird an dessen Umbau zu einem Gemeindezentrum gearbeitet.

Gesetzt den Fall, ich gelange wirklich einmal in dieses Gebäude: Was enthüllt sich nach all den Jahren, wenn ich das staubige Tuch anhebe? Wird die Anzahl der im Kegel der Sonnenstrahlen aufgewirbelten Staubpartikel zum Maß der bislang vergangenen Zeit? Steht dort ein blasser Spiegel oder ist es wahrlich ein Relief, mit blauen Adern durchzogen? Wie werden sie aussehen, die Augen, mit denen ich die Welt täglich scharfstelle? Wird das Licht meiner Seele noch leuchten?

Es gibt doch keinen ersichtlichen Grund, warum wie bei Oscar Wildes tragischer Romanfigur meine Hände kalt werden, die Haut blaß wird und braune Flecken bekommt.

Wenn ich dem Körper meines betagten Großvaters gegenüberstehen sollte, muß ich begreifen, daß nur ich es sein kann. Wer sonst?

Das Bild wird gewiß nicht mit mir reden, trotzdem wird es Bände sprechen. Jede Veränderung wird Fragen aufwerfen, Fragen, die augenblicklich zu Bildern werden.

Endgültige Antworten lassen jedoch noch einige Jahre auf sich warten.

In diesem Sommer erhalte ich eine Einladung vom Verlag. Einige Autoren aus der Region werden in das neue Gemeindezentrum eingeladen.

Da ist sie wieder, die Neugier. Gleichzeitig aber auch das Bewußtsein, daß die Zeit nicht spurlos verstrichen ist.

Pünktlich bin ich vor Ort. Die schwere Kirchenpforte wird geöffnet. Nun betrete ich erstmals das vor fünfundzwanzig Jahren mit Oscar Wilde gemeinsam ausgeschmückte Phantasiegebäude. Große Fenster fluten das Kirchenschiff mit Licht. Suchend blicke ich mich in dem hellen Raum um.

Über eine, dem Turm Leichtigkeit verleihende Treppe gelange ich hinauf zur Empore.

Spätestens jetzt wird mir klar, daß ich hier kein mit einem staubigen Tuch bedecktes Ölporträt vorfinden werde. In einer über der Empore gelegenen Turmstube hängen gerahmte Fotos an den Wänden. Auf ihnen sind Zeitzeugen des Bergbaus im Geiseltal zu sehen. Momentaufnahmen, für immer im Augenblick festgehalten.

Ein altes Foto zeigt zwei junge Bergleute. Ihr unbefangener Stolz erinnert mich beim Betrachten an meine Jugendzeit.

In diesem lichten Raum mit Gleichgesinnten zusammen zu sein und etwas Gemeinsames zu entwickeln, setzt Phantasien frei. Rede und Gegenrede bringen unsere Gedanken näher zusammen. Jeder am großen Tisch entwickelt eigene Ideen. Hier sitzen keine Oscar Wildes, der Sinn aber ist der gleiche. Sich durch Schreiben zu äußern. Bilder zu erzeugen. Phantasie und Wirklichkeit so zu vermischen, daß beim Leser Emotionen entstehen.

Das Gefühl, gerade heute hier zu sein, fragt nach dem Sinn.

Sind nicht auch die mir gegenüber Sitzenden ein Teil meines Porträts? Eine Reflektion zu bekommen, sich auszutauschen, ist ein Spiegel der Gegenwart.

Allmählich löst sich die Autorengemeinschaft auf. Wir verabreden uns zum nächsten Treffen.

Im hinteren Teil des großen Raumes gehe ich noch einmal auf die Suche. Nichts zu sehen. Mit eingezogenem Kopf erkunde ich den Bereich unter der Treppe. Als ich mich umdrehe, passiert es.

„Kneif mich, Oscar!"

Direkt vor mir an der Wand ist ein großer Spiegel angebracht. Ja, da ist er; mich blickt im Halbdunkel ein zweiundfünfzig Jahre alter Mann an. Vor dem Spiegel steht der, mit dem ich jeden Morgen in den neuen Tag starte. Die Haare ergraut, das Gesicht etwas voller, eine Brille vor den offenen Augen. Ein silberner Bart umrahmt den Mund.

Allmählich verschwimmt das Spiegelbild und verwandelt sich zum beschlagenen Busfenster von damals. Nun schaut der Ältere dem jungen Mann direkt in die Augen. Genau dem, der vor fünfundzwanzig Jahren nach dem Genuß einer Dosis Oscar Wilde hier in diesen Räumen ein Schreckensbild seines Ichs erwartet hatte.

Junge ebenmäßige Haut, ein sanfter Blick, volles Haar, straffe Züge um einen kleinen Mund, umrahmt von einem flaumigen Bärtchen. „Da bist du nun, stehst mir gegenüber. Die Zeit hat sich gewendet. Bestimmt bin ich nicht der, den du dir in düsteren Farben ausgemalt hast. Wenn du die kalten Hände des Großvaters und das blasse Gesicht mit den tiefen Augenrändern suchst, muß ich dich enttäuschen. Das war eine Phantasie Oscar Wildes. Vor dir steht derjenige, der für dich durch das Leben gegangen ist. Jede Veränderung meines Äußeren birgt eine Geschichte.

Unsere heutige Begegnung dient als Beweis für den guten Lauf der Dinge."

Durch die weitgeöffnete Tür fallen ungehindert Sonnenstrahlen ein, verleihen der sich verabschiedenden Gruppe eine Aura. Basil Hallward hätte die Zeitlosigkeit gewiß nicht besser festhalten können. Ein Sinnbild für die Suche nach einem Bild, das es so nie geben kann.

Wer glaubt, die Zeit am aufgewirbelten Staub messen zu können, wird feststellen, daß sich nicht so viel Staub absetzt, wenn man einfach weiterlebt.

Erfüllt von freudigen Gedanken sitze ich nun auf der Bank neben der Bushaltestelle. Und warte.

Ingeborg Schmelz

Irren ist menschlich

Merseburg – einst als ehrwürdige und bedeutsame Domstadt in die Geschichte eingegangen, entwickelte sich im Laufe der Zeit zu einer eher unattraktiven, grauen Kleinstadt. Zu dieser Veränderung trug zum größten Teil die Industrialisierung bei, die sich im Gebiet rund um Merseburg unaufhaltsam ausbreitete.

Umgeben von zwei Chemiegiganten, deren Abgase und Abfallprodukte das gesamte Umfeld belasteten, verlor die Stadt so nach und nach ihren ehemaligen Charme und Glanz.

Die Merseburger litten mit ihrer Stadt und zusätzlich unter den Auswirkungen der Teilung Deutschlands in zwei Staaten mit völlig unterschiedlicher politischer und wirtschaftlicher Entwicklung.

Willkürlich riss man ein Volk auseinander und machte es zum Spielball der Großmächte.

Der Bau einer kilometerlangen Mauer um Berlin und die militärisch abgesicherte Grenze isolierten den östlichen Teil Deutschlands, zu dem auch Merseburg zählte, von Westdeutschland und vom westlichen, bzw. kapitalistischen Ausland.

Die daraus hervorgegangenen Reisebeschränkungen zählten für die ostdeutschen Bürger mit zu den schmerzlichsten Einschnitten ihrer persönlichen Freiheit. Für sie bestand nur noch die Möglichkeit, einen der begehrten Ferienplätze im Inland zu ergattern oder unter Vorbehalt das östliche sozialistische Ausland als Urlaubsziel zu wählen.

Von einem Erlebnis auf einer Reise im Sommer 1971, als die Wiedervereinigung Deutschlands und eine Reisefreiheit für ostdeutsche Bürger noch ein Wunschtraum waren, berichtet die nun folgende Geschichte:

Robert atmete erleichtert auf, endlich hielt er alle wichtigen Papiere, angefangen von den Visa bis hin zu den Transitgenehmigungen, in seinen Händen.

Die vorausgegangene, mehrmalige Ablehnung seines Antrags, eine Reiseroute durch Tschechoslowakei – Ungarn – Rumänien und die Einreise mit dreiwöchigem Aufenthalt in Bulgarien genehmigen zu lassen, hatte ihn mutlos gemacht.

Die guten Beziehungen zu einem Mitarbeiter der Behörden spielten sicher auch eine Rolle bei der nun unverhofften positiven Zusage – doch das war Robert egal, seine Gedanken kreisten nur noch um das eine Ziel – die Urlaubsreise ans „Schwarze Meer".

Der Zeitpunkt für dieses Unternehmen war günstig, denn die Schulferien hatten gerade begonnen, und die Reise würde auch für die beiden Sprösslinge Nora und Micha eine Bereicherung sein.

Die Freude nach der Mitteilung der mit Spannung erwarteten Nachricht hatte sich ganz schnell bei Eva und den Kindern in Übereifer beim Packen verwandelt. Alle Sachen, die auch nur annähernd zu einem Badeurlaub gehörten, belegten bald die Hälfte im Kofferraum des neu angeschafften Autos. Robert, noch ganz verschwitzt vom Schleppen der schweren Campingausrüstung, versuchte mit verzweifeltem Kommentar, noch einen Platz für Zelt, Konserven und wichtige Ersatzteile zu finden.

Der neue Moskwitsch, nach jahrelanger Wartezeit endlich zum Besitz der Familie geworden, war sicher robust genug, alles Verstaute ans Ziel zu bringen.

Schon am nächsten Morgen, noch vor Sonnenaufgang, ging es los. Roberts ungeduldiger Blick streifte Eva, sie saß auf dem Beifahrersitz und überprüfte noch einmal die notwendigen Reisedokumente. Auf ihr Zeichen, dass alles in Ordnung sei, startete er den Motor des Autos – die Reise nach Bulgarien nahm ihren Lauf. Merseburg lag schon weit hinter ihnen, als im Osten die Sonne aufging und einen schönen Sommertag ankündigte.

Auf der Rückbank lümmelten die Kinder in einem behaglichen Lager aus Schlafsäcken und Decken, doch bald verriet ihr gleichmäßiger Atem, dass der Schlaf sie übermannt hatte. Beim ersten Halt an der Zoll- und Grenzstation Zinnwald blinzelten beide mit verschlafenem Blick aus dem Seitenfenster, wurden aber hellwach, als sich zwei Uniformierte näherten und Robert aufforderten, die Fahrzeugtür zu öffnen.

Der Start in der Frühe hatte sich gelohnt, denn die Zöllner standen kurz vor dem Schichtwechsel und beschränkten sich deshalb bei der ansonsten recht aufwendigen Kontrolle von Fahrzeugen und Personen nur auf das Vorzeigen der Dokumente. Ein Durchwinken am Schlagbaum und die Aufforderung zur Weiterfahrt in die Tschechoslowakei beendeten die Anspannung von Robert und Eva. Die Erleichterung hatte einen guten Grund, denn im Kofferraum befanden sich einige Sachen, die zwar beim Camping dringend gebraucht wurden, jedoch laut Transitvorschrift nicht erlaubt waren. Dazu gehörten unter anderem die gut versteckten Konserven, zwei Salamiwürste und fünf Kilo der ersten neuen Kartoffeln, die Robert auf einer Extra-Dienstreise nach

Berlin in einem der diversen Delikat-Läden erworben hatte. Diese Einrichtungen standen damals hauptsächlich für eine auserwählte Schicht der Bevölkerung zur Verfügung, wurden jedoch, bedingt durch das verlockende Angebot, für viele Besucher der Hauptstadt zum beliebten Einkaufsmagneten.

Den Merseburgern blieb das Glück bei der Kontrolle an der Grenze nach Ungarn auch weiterhin hold, die Vorräte blieben unentdeckt und die Versorgung für ihr leibliches Wohl war erst einmal abgesichert. Nun konnten alle vier ganz entspannt die Schönheit Ungarns bewundern, vor allem die Donaumetropole Budapest und die endlosen Weiten der Puszta. Die verwinkelten kleinen Gehöfte mit den altertümlich wirkenden Ziehbrunnen lagen wie verstreutes Kinderspielzeug in der Ebene. Auf den fast schnurgeraden Straßen begegneten ihnen zahlreiche Pferdegespanne, in der Ferne weideten riesige Herden Schafe, Ziegen und Rinder. Einen bleibenden Eindruck hinterließen auch die temperamentvollen Pferde auf den Koppeln, die teilweise in kleinen Gruppen zusammen standen oder mit wehender Mähne über die Weideflächen galoppierten. An beiden Seiten der Landstraße reihten sich die lang gezogenen Dörfer und ab und zu tauchte in der Ferne eine Stadt auf. Es wurde nie langweilig, immer wieder gab es etwas zu sehen oder zu bestaunen. Nora und Micha zählten zum Beispiel die Autos, die den Moskwitsch überholten, vor allem die modernen Flitzer, die meistens ausländische Kennzeichen hatten. Auch eine große Anzahl westdeutscher Modelle gehörte zu ihren Favoriten, aufgeregt und mit vollem Stimmeneinsatz verkündeten sie die Fahrzeugtypen und welchem Landkreis sie angehörten. Die Eltern mussten ihrem Eifer öfter mal Einhalt gebieten. Ein Mercedes mit buntem Aufkleber hatte es ihnen besonders angetan, wahrscheinlich das neueste Modell, und welch eine Überraschung – die Insassen winkten ihnen beim Überholen freundlich zu. Am späten Nachmittag, als mal wieder die Silhouette einer größeren Stadt am Horizont auftauchte, verkündete Robert, dass sie für den heutigen Tag die Reise beenden würden. Die Stadt Szolnok, die vor ihnen lag, bot sich mit dem internationalen Zeltplatz, dem Restaurant, den Dusch- und Waschanlagen nach der langen Fahrt zum Ausruhen und Übernachten an. Laut Plan sollte die Reise am nächsten Tag von hier aus weitergehen. Schnell wurde das kleinere Kinderzelt aufgestellt, denn für eine Nacht konnte man auch zu viert darin schlafen. Evas Gedanken weilten indessen schon am Strand von Bulgarien, wo sie für drei Wochen in ihrer neuen, großen „Leinwandvilla" den Urlaub verbringen und beim Rauschen des Meeres dem Alltag entfliehen würden.

Unsanft holten sie die Fragen der Kinder, wann es endlich etwas zu essen gibt, aus ihrem Tagtraum zurück. Der Entschluss, das Restaurant aufzusuchen, fand einstimmigen Zuspruch, obwohl es etwas weiter entfernt war als die Zeltplatzgaststätte. Von der langen Anreise ermüdet, wurde der Vorschlag, die Strecke mit dem Auto zu fahren, dankbar angenommen, und es fand sich auch noch ein Parkplatz vor dem Restaurant.

Die Kinder entdeckten den Mercedes mit dem bunten Aufkleber zuerst, denn er stand fast neben ihnen und die Besitzer stiegen gerade aus. Der Fahrer, ein Herr im mittleren Alter, half seiner Begleiterin und hielt ihr die Fahrzeugtür auf. Beide wechselten ein paar Worte, ehe ihr kurzer Blick in Richtung des Moskwitsch fiel, sie steuerten auf das Auto zu und grüßten die Insassen mit leicht erhobener Hand. Zu Roberts Erstaunen benahmen sie sich wie alte Bekannte, freundliche Worte wurden zwischen ihnen gewechselt und als beide Familien fast gleichzeitig das Restaurant betraten, war es schon eine Selbstverständlichkeit, am gleichen Tisch Platz zu nehmen.

Das Begutachten der Speisekarte und die Auswahl der Getränke wurden von einem lockeren Gespräch begleitet. Erst nach der Frage des Paares, aus welcher Ecke von Kaufbeuren Robert und seine Familie denn kommen, trat Stille ein. Mit erstaunten Gesichtern sahen die Merseburger auf die Fragenden und ehe sie antworten konnten, sprach der Tischnachbar weiter: „Wir erkannten an Ihrem Autokennzeichen, es beginnt ja wie das von uns mit einem „KF", dass sie Kaufbeurener Landsleute sind." Nun waren Eva, Robert und die Kinder völlig verwirrt. Als erster hatte sich Robert gefasst und erklärte mit wenigen Worten, wie dieses Missverständnis entstehen konnte. Der gemeinsame Kennzeichenanfang „KF" war reiner Zufall und beruhte auf der Tatsache, dass für die Stadt Halle das „K" und für Merseburg, das zum Bezirk Halle zählte, unter anderen das „KF" zum Einsatz kamen. So einfach war des Rätsels Lösung – unsere Heimatstadt Merseburg befindet sich im östlichen Teil von Deutschland, und hier gelten bei der Benennung der Kennzeichen für Kraftfahrzeuge andere Regeln als im Westen. Nun verzogen sich die Gesichter der neuen Bekannten zu einem Fragezeichen und ein laut schallendes Gelächter aller Beteiligten der Tischrunde setzte ein. Sie beruhigten sich erst, als Robert weitersprach, dass zwar noch immer das Länderzeichen „D" für Ost- und Westdeutschland gelte und das führte schon öfter zu Verwechslungen, aber es würden schon Vorbereitungen zur Umbenennung der Schilder für ostdeutscher Kraftfahrzeuge getroffen.

Das bisher genutzte Zeichen „D" sollte durch „DDR" ersetzt werden. Eigentlich schade um die letzte Gemeinsamkeit, vor allem wären dann so erfreuliche Situationen, wie wir sie heute erlebt haben, in Zukunft ausgeschlossen. Zustimmend nickten die Anwesenden, als Robert seinen Satz beendet hatte.

Zu denken gegeben hatte den Kaufbeurern schon beim ersten Gespräch der Dialekt, der so gar nicht bayrisch klang und auch die Automarke kannte man im Westen kaum. Die Freude, in Ungarn Landsleute mit dem vertrauten Kaufbeurer Kennzeichen zu treffen, hatte sicher alle logischen Gedanken verdrängt. Aber es spielte sowieso keine Rolle, wie und warum sie sich kennengelernt hatten, alle fanden es gut, und aus dem Spätnachmittag wurde ein langer, sehr gemütlicher Abend.

Am nächsten Morgen, beim Abschiednehmen, tauschte man die Adressen aus und versicherte sich gegenseitig, trotz bestehender Schwierigkeiten in Verbindung zu bleiben.

Das Versprechen wurde beiderseits eingehalten, und nach der Rückkehr aus dem Bulgarien-Urlaub entwickelte sich ein reger Briefwechsel. Fast jeder Sommer in den folgenden Jahren bescherte ein Wiedersehen in Ungarn und vertiefte eine wunderbare Freundschaft.

Die Wende und Wiedervereinigung Deutschlands, fast 20 Jahre nach dem Kennenlernen, machte es endlich auch für die Merseburger möglich, die Freunde in Kaufbeuren zu besuchen. Diese hatten in ihrem großen Bekanntenkreis schon viel von den Merseburgern berichtet, vor allem, dass nicht alles im ehemaligen Ostdeutschland so schlecht war, wie es oft in den Medien dargestellt wurde. Freundlich und mit offenen Armen empfing man die Besucher aus Merseburg und staunte bei Gesprächen in gemütlicher Runde, dass es so viele Gemeinsamkeiten gab. Diese Erkenntnis trug dazu bei, dass auch die letzten Grenzen in den Köpfen und Herzen der Menschen verschwanden. Nun musste nur noch zusammen wachsen, was zusammen gehörte. In den folgenden Jahren, als Merseburg sich wieder zu einer schönen, sehenswerten Stadt entwickelte, wurde sie auch für viele Kaufbeurener zum auserwählten Reiseziel, sie bewunderten alle Sehenswürdigkeiten wie den ehrwürdigen Dom samt Schloss und die dazu gehörigen Anlagen. Eva und Robert übernahmen immer öfter die Rolle der Stadtführer, diese Tätigkeit bereicherte ihren Alltag. Nora und Micha hatten inzwischen Merseburg den Rücken gekehrt und ihre eigenen Familien gegründet.

Zu berichten wäre noch, dass bei Robert und Eva, die in Merseburg sesshaft blieben, im Laufe der Jahre durch Fahrzeugneukauf die Kennzeichen vom „MER" nach „MQ" wechselten – „KF" gehörte jedoch zur Vergangenheit.

Die Verbindung und Freundschaft zwischen den Kaufbeurenern und den Merseburgern blieb über die ereignisreichen Jahre hinweg weiter bestehen, wobei ein bestimmtes Thema nie an Priorität verlor. Im gemeinsam verbrachten Urlaub, bei Familienfeiern und den gegenseitigen Besuchen verlief nie ein Gespräch ohne die Erinnerungen an den Tag ihrer ersten Begegnung und jedes Mal endeten diese gemeinsamen Rückblicke mit dem Resultat: diese Begegnung verdankten sie nur einem kleinen Irrtum.

Hans-Dieter Weber

„Ist Hartz IV eigentlich ein Beruf?"

„Hallo Hans!"

Erschrocken blieb ich stehen. Wer hatte mich da gerufen? „Du kennst wohl auch keine kleinen Leute mehr?"

Die Stimme kam aus einer Grünanlage am Gotthardteich, an der ich gerade vorüberging. Drei Männer und vier Frauen jäteten Unkraut. Einer der Männer hatte mich offenbar angesprochen. Da erkannte ich ihn. Es war mein alter Kollege Fritz Pasch, mit dem ich vor Jahren zusammen gearbeitet hatte.

„Mensch, Fritz, entschuldige bitte, aber ich habe dich zuerst gar nicht erkannt. Du hast dich aber verändert."

Ich hatte Fritz Pasch vielleicht vor zwanzig Jahren zum letzten Mal gesehen. Damals war er ein schlanker und sportlicher Mann mit kurzgeschnittenen Haaren gewesen. Er arbeitete im Lager. Hin und wieder hatte ich mit ihm zu tun gehabt. Doch der Fritz Pasch, der jetzt vor mir stand, war dick und aufgedunsen im Gesicht und hatte eine Vollglatze.

„Seit wann bist du unter die Gärtner gegangen?"

„Seit sechs Wochen bin ich in dieser Scheißmaßnahme, die sich ein gewisser Herr Hartz ausgedacht hat. Einen Euro bekomme ich pro Stunde."

Fritz hatte seine Hacke auf den Weg gelegt. Er zündete sich nervös eine Zigarette an.

„Die einen sagen Hartz IV dazu, andere nennen es Ausbeutung. Ich gehöre zu den letzteren."

Ich sah meinem ehemaligen Kollegen ins Gesicht. Die Sonne blendete ihn. Deshalb hielt er die Hand vor die

Augen. Er war stark gealtert. Ich sah einen zynischen Zug um seinen Mund. Das Leben hatte Fritz offensichtlich hart mitgespielt.

„Seit wann bist du nicht mehr im Betrieb?"

„Seit fast zwei Jahren. Man hat mich von einem Tag auf den anderen entlassen. Das war Ziegenhahn, der neue Geschäftsführer. Rationalisierung nennt man so was."

Fritz setzte sich auf eine Parkbank und deutete seinen Kollegen an, dass er eine Raucherpause machen wolle. „Seit dreiunddreißig Jahren war ich im Betrieb. Nie habe ich mir etwas zuschulden kommen lassen. Doch dann kam dieser arrogante Ziegenhahn und teilte mir trocken mit, dass die Lagerhaltung im Betrieb neu organisiert werden müsse. Damit fiel mein Arbeitsplatz über Nacht weg. Ich wurde nicht mehr gebraucht."

Ich sah ihn an.

„Warum hat man dir keinen anderen Arbeitsplatz angeboten? Du hast doch eine Menge Erfahrung."

Fritz erwiderte verärgert: „Da kennst du den Ziegenhahn aber schlecht. Den interessieren nur seine Bilanzen. Zahlen sind für den wichtiger als Menschen. Ich bin einfach nicht mehr an ihn herangekommen. Er ließ sich immer verleugnen. Und ehe ich mich versah, war ich draußen." Fritz klopfte sich Asche von seiner Hose ab und vermied, mir in die Augen zu sehen. Ich merkte ihm an, dass er sich schämte.

„Hast du versucht, andere Arbeit zu bekommen?"

Er winkte ab.

„Na klar, ich habe mir fast die Hacken abgerannt. Über einhundertzwanzig Bewerbungen habe ich verschickt. Die meisten wurden nicht einmal beantwortet. Sechs Gespräche habe ich geführt, doch keiner stellt heutzutage noch einen Achtundfünfzigjährigen ein. Ich bin überflüssig, werde nicht mehr gebraucht.“

Er tat mir leid. Ich kannte ihn von früher als lebenslustigen Typen. Doch der Fritz neben mir auf der Parkbank, das war ein gebrochener Mann.

„Damit ich weiter meine Stütze bekomme, musste ich vor sechs Wochen diesen Job hier antreten. Ich habe nichts gegen Gartenarbeit, aber wir werden doch nur als billige Arbeitskräfte missbraucht. Normalerweise müssten das Arbeiter von der Stadt erledigen. Dort spart man Stellen ein und beschäftigt lieber solche armen Schweine wie mich. In diesem Staat regiert nur das Geld.“

Fritz war mit seiner Zigarette fertig und reichte mir seine Hand.

„Kannst mich ja mal besuchen, Hans. Aber mein Gelaber geht dir sicherlich auf die Nerven.“

Ich bedankte mich für die Einladung.

„Wohnst du immer noch in der Gutenbergstraße?“

Er nickte.

„Gutenbergstraße 8. Immer noch, doch wahrscheinlich nicht mehr lange. Aber das ist schon wieder eine andere Geschichte. Da könnte ich deinen Rat gut gebrauchen.“

Ich versprach ihm zu kommen.

„Ruf bitte vorher an, damit ich nicht gerade auf Arbeit bin.“

Bei dem Wort Arbeit verzog er seinen Mund.

Fritz Pasch – Gutenbergstraße 8, las ich im Telefonbuch. Doch die Nummer war immer besetzt. Zehn Minuten später versuchte ich es erneut.

„Hier Pasch.“

„Hallo Fritz, ich bin es, der Hans. Wann hättest du mal Zeit?“

„Mensch, Hans. Das hätte ich nicht gedacht, dass du dich tatsächlich meldest. Ich freue mich, ehrlich."

„Wie wäre es am Freitagabend? Würde dir neunzehn Uhr passen?"

„Geht klar, Hans. Also dann bis Freitag."

Ich wollte noch Tschüss sagen, doch da hatte er den Hörer bereits wieder aufgelegt.

Wie lange ich nicht mehr in der Gutenbergstraße war. Als Kind bin ich hier zur Schule gegangen. Das backsteinerne Schulgebäude stand immer noch, alle anderen Häusern hoch überragend, auf der Westseite der Straße. Direkt daneben das Gymnasium. Beide Schulgebäude waren in den letzten Jahren von Grund auf saniert worden. Die weißen Kunststofffenster hoben sich markant von den ziegelroten Klinkern der Fassade ab. Den Grünflächen sah man die regelmäßige Pflege an. Am Freitagabend war natürlich kein Kind mehr zu sehen. Dürer-Schule las ich auf dem glänzenden Messingschild. Nur in der Sporthalle brannte noch Licht. Sicherlich Kinder von einem Sportverein. Ich hörte eine schrille Trillerpfeife. Auf der Straßenseite gegenüber standen schmucke Zweifamilienhäuser, wie auf einer Schnur aufgefädelt. Auch die waren inzwischen modernisiert worden. Sie strahlten gediegen in der Abendsonne. Nur ein Haus nicht, Gutenbergstraße 8 trug immer noch schmutziges Einheitsgrau aus DDR-Zeiten. Von den alten Holzfenstern war die Farbe abgeblättert, das Dach an einigen Stellen kaputt, zwei Zaunfelder fehlten. Lange suchte ich nach einem Klingelknopf. Als ich ihn endlich gefunden hatte, las ich dünn mit Bleistift geschrieben: „Pasch". Ich drückte und schaute nach oben. Ein Fenster wurde geöffnet.

„Hallo Hans. Warte, ich komme runter."

Mit dem Schlüssel öffnete Fritz die Haustür.

„In den letzten Jahren ist mehrfach eingebrochen worden. Seitdem schließen wir die Haustür immer zu. Auch Schmieders, die wohnen im Erdgeschoss, halten sich meistens dran. Doch komm endlich rein."

Ich folgte Fritz die schmale Holztreppe hinauf und zog mir vor der Wohnungstür die Schuhe aus.

„Warte, ich gebe dir ein paar Schlappen."

Im Flur stellte mich Fritz seiner Frau vor.

„Das ist mein alter Kollege, der Hans. Mit ihm habe ich über zehn Jahre zusammen gearbeitet."

Frau Pasch war eine kleine unscheinbare Person, so um die fünfzig, ihre kurzgeschnittenen Haare rotbraun gefärbt. „Freut mich, Sie kennenzulernen, Herr Hans", sagte sie und reichte mir lachend ihre kleine Hand.

Ich sah mich im Flur um. Der war geräumig, jedoch unvorteilhaft möbliert. Dadurch machte er auf mich einen unaufgeräumten Eindruck. Ein großer Schrank wurde als Garderobe genutzt. Zahlreiche Schuhe standen davor. Ich musste aufpassen, um beim Laufen nicht drüber zu stolpern.

„Lass uns in die gute Stube gehen."

Er führte mich ins Wohnzimmer. Der große Polstersessel verschluckte mich fast. Die nussbraune Schrankwand, wohl noch aus DDR-Zeiten, füllte eine Wand des großen Zimmers vollständig aus. Bunte Gläser, einige Bücher sowie zahlreiche Bierkrüge standen in den Regalen. In der Mitte, gegenüber von der Sitzgruppe, ein großer Fernseher. „Trinkst du Bier oder lieber Rotwein?", fragte mich Fritz, der neben seiner Frau auf der Couch Platz genommen hatte.

„Wenn es dir keine Umstände macht, würde ich lieber Rotwein trinken."

Fritz schaltete den Fernsehapparat aus und entkorkte geschickt eine Flasche.

„Der wird bei uns doch nur schlecht", sagte er und goss vorsichtig ein.

Für sich selber sowie für seine Frau holte er aus dem Kühlschrank in der Küche zwei Flaschen Bier.

„Na dann Prost, Hans, und nochmals herzlich willkommen." „Ich war lange nicht mehr in der Gutenbergstraße. Es hat sich viel verändert. Als Kind bin ich hier zur Schule gegangen."

„Ja die beiden Schulen sind vor drei Jahren saniert worden. Kinder haben heute bessere Bedingungen, als wir sie früher hatten", sagte Frau Pasch mit sympathischer Stimme.

„Ich möchte aber nicht wissen, was das alles gekostet hat. Am Ende müssen wir es sowieso mit unseren Steuergroschen bezahlen", fügte Fritz hinzu. „Früher war alles nicht so perfekt, aber es funktionierte besser." Ich lenkte das Gespräch auf ein anderes Thema und fragte:„Und ihr wohnt hier zur Miete?"

„Eigentümer ist die städtische Wohnungsgesellschaft. Wir haben als Mieter glücklicherweise noch einen Vertrag aus DDR-Zeiten."

Er trank sein Bier und wischte sich den Schaum vom Mund ab.

„Die Wohnungsgesellschaft verkauft aber alle Zweifamilienhäuser hier in der Gutenbergstraße. Zuerst haben sie diese den Mietern angeboten, auch uns."

Frau Pasch stellte einen Teller mit Nüssen und Salzstangen auf den Tisch.

„Da haben wir jetzt ein Problem", setzte er fort. „Ich hatte dir ja schon erzählt, dass ich vor zwei Jahren meine Arbeit verloren habe. Gott sei Dank hat meine Inge noch ihre Stelle im Altenpflegeheim, sie ist ausgebildete Sozialarbeiterin. Nur so können wir überleben. Aber das Haus kaufen, das kommt für uns natürlich überhaupt nicht in Frage."

Er machte eine Pause. Dann fuhr er fort: „Die Wohnung, vor allem aber der Garten, gefällt uns sehr. Wir wohnen jetzt schon seit vierundzwanzig Jahren hier. Aber das Geld zum Kaufen, das haben wir natürlich nicht und wer gibt einem alten Hartz-IV-Empfänger heutzutage schon noch Kredit?"

Seine Stimme klang verbittert.

„Doch so schnell, wie die sich das vorstellen, kriegen die uns hier nicht raus. An unserem Mietvertrag kommen die nicht vorbei. Alle anderen Häuser hier in der Straße sind schon verkauft. Auch für unser Haus soll es mehrere Interessenten geben. Aber wir lassen uns nicht auf die Straße setzen."

Seine Frau bemerkte: „Vielleicht sollten wir uns aber doch mal nach einer anderen Wohnung umsehen. Die Wohnungsgesellschaft hat uns doch schon verschiedene angeboten."

Fritz fauchte sie an: „Freiwillig machen wir gar nichts, Inge. Darauf warten die doch bloß. Die müssen uns hier schon rausklagen. Aber das geht nicht so schnell, wie die Herren sich das wünschen."

Offensichtlich hatte Fritz sich beraten lassen.

„Ich lasse mir doch nicht noch die Wohnung nehmen, nachdem ich schon meine Arbeit verloren habe, jedenfalls nicht freiwillig."

Fritz ging in die Küche und holte sich noch eine Flasche Bier aus dem Kühlschrank.

„Das ist eine der wenigen Freuden, die mir noch geblieben ist. Am Freitagabend ein gut gekühltes Bierchen."

Er machte die Flasche auf und hielt sein Glas beim Einschenken schräg, so dass der Schaum nicht über den Rand hinauslief.

„Gehst du manchmal noch in den Betrieb?", unterbrach ich das Schweigen.

„Niemals mehr werde ich freiwillig meinen Fuß in diese Bude setzen. Das habe ich mir geschworen", antwortete Fritz energisch. „Vielleicht noch diesem Ziegenhahn die Hand drücken. Nee, nicht mit mir."

Sein Gesicht war rot angelaufen.

„Ich bin froh, wenn ich diesen Verbrecher nicht mehr sehen muss."

Ich fragte: „Hätte dir damals nicht der Betriebsrat helfen können?"

„Den kannst du vergessen. Der Willi hatte noch nie einen Arsch in der Hose. Die kuschen doch alle vor dem Ziegenhahn und denken nur an sich selber. Wenn du ein Problem hast, dann stehst du damit alleine da. So sieht heutzutage die Wirklichkeit aus, Hans. Es dreht sich alles nur noch ums Geld. Der Mensch bleibt dabei auf der Strecke. Im Grunde sind alle froh, dass sie nicht selber betroffen sind. Mir brauchst du nichts zu erzählen, ich habe die Menschen kennengelernt."

Wut funkelte in seinen Augen. Im Gesicht bekam er rote Flecken. Hastig trank er aus seinem Bierglas, so dass er sich dabei verschluckte. Mit dem Taschentuch wischte er sich Schweiß von der Stirn.

„Wenn ich damals nicht meine Familie gehabt hätte, Hans, dann würde ich heute wahrscheinlich gar nicht mehr leben." Eisige Stille. In sich zusammengesunken saß Fritz auf der Couch. Ich sah, dass seine Hände zitterten. Frau Pasch stand auf und ging in die Küche. Ich hörte, dass die Wohnungstür aufgeschlossen wurde.

„Mensch, Christian, wo kommst du denn jetzt her?", hörte ich sie fragen. Ein kräftiger junger Mann steckte seinen Kopf ins Wohnzimmer hinein.

„Hallo Alter", begrüßte er seinen Vater.

„Hallo Christian", erwiderte Fritz geistesabwesend, immer noch ganz in Gedanken versunken.

„Das ist Christian, unser Sohn", erklärte er mir schließlich. Ich drückte Christian die Hand und stellte mich kurz vor. „Was ist denn passiert, dass du so plötzlich bei uns aufkreuzt?", fragte ihn sein Vater.

„Karin hat wieder mal ihren Rappel. So sind halt die hübschen Weiber."

Er lachte.

„Da habe ich einfach meine Tasche gepackt und mich für das Wochenende verabschiedet. Das muss ich mir doch nun wirklich nicht antun, diesen sinnlosen Streit. Ich hoffe, dass sie am Montag wieder normal ist, sonst muss ich noch etwas länger bei euch bleiben. Störe ich?"

„Nein, nein, natürlich nicht", sagte Frau Pasch mütterlich zu ihrem Sohn.

„Du weißt doch, dass du immer zu uns kommen kannst. Deshalb hast du ja den Schlüssel behalten, als du damals zu Karin gezogen bist."

Christian umarmte seine Mutter herzlich.

„Die kommt schon wieder zurück auf die Erde", sagte er lachend zu ihr.

„Komm, setz dich zu uns. Trinkst du ein Bier?", fragte ihn Fritz.

„Klar, blöde Frage."

Christian zündete sich eine Zigarette an. Er wirkte trotz seiner Probleme ruhig und gelassen.

„Erzählt ihr euch wieder von alten Zeiten?", fragte er seinen Vater und stieß ihn dabei in die Seite.

„Ich habe meinem ehemaligen Kollegen gerade erzählt, wie mir damals zumute war, als ich vor zwei Jahren die Kündigung erhalten habe, von diesem Herrn Ziegenhahn, diesem …"

„Ach Vati, nun lass doch endlich mal gut sein. Du kannst es doch sowieso nicht mehr ändern", fiel Christian ihm ins Wort. „Du solltest das Leben einfach so nehmen, wie es ist und das Beste draus machen. Sonst wirst du noch Anarchist oder endest in der Klapsmühle." Christian war es offensichtlich gewohnt, seine Meinung direkt und geradeheraus zu sagen.

„Genauso nervt mich dieses ewige Geschwätz über die guten alten Zeiten damals in der DDR", fügte er noch hinzu. „Ich war damals fünf Jahre alt, als die Kommunisten verjagt wurden. Ich lebe nicht in der Vergangenheit, sondern in der Gegenwart und da habe ich schon genügend Probleme mit meiner wilden Karin", sagte er grinsend.

„Hast du Hunger, Christian?", fragte ihn seine Mutter. „Danke, Mutti, ich habe vorhin eine Bratwurst gegessen."

Er wandte sich wieder seinem Vater zu.

„Vati, verstehe mich bitte nicht falsch. Natürlich kann ich mich in deine Lage hineinversetzen und mir gut vorstellen, wie sehr dir dieser Ziegenhahn quer im Magen liegt. Doch was bringt das? Vergiss diesen Blödmann und lebe dein Leben, jetzt und heute."

Fritz war gekränkt. Ich bemühte mich deshalb, das Gespräch in eine andere Richtung zu lenken.

„Was machst du in deiner Freizeit, Fritz? Hast du ein Hobby?"

„Klar, jammern. Doch im Ernst, an erster Stelle steht natürlich mein Garten. Deshalb würde es mir ja auch so leidtun, ihn zu verlieren. Kannst du dir vorstellen, Hans, wie viel Arbeit man in fast fünfundzwanzig Jahren in so einen Garten steckt? Dann lese ich aber auch noch gerne Historisches, von alten Kulturen und so. Das interessiert mich wirklich. Wenn ich im Alten Ägypten bin, vergesse ich sogar diesen Ziegenhahn."

Zum ersten Mal an diesem Abend sah ich ein Lächeln auf seinem Gesicht.

„Ich habe im Grunde keine Probleme damit, dass ich für diesen Herrn Hartz jede Woche in den städtischen Grünanlagen arbeiten muss. Doch ich fühle mich ausgenutzt und ausgebeutet, genauso, wie wir es früher immer gelernt haben. Wir Hartzer sind doch die Arschlöcher der Nation. Neulich hat mich ein Junge auf der Straße gefragt, ob Hartz IV eigentlich mein Beruf sei. Dabei hat er so hämisch gegrinst. Was hatte man uns bei der Agentur nicht alles versprochen, beruflicher Neuanfang und so. Alles Unsinn. Wer einmal bei Hartz IV angekommen ist, der kommt da nie wieder raus. So sieht die Wirklichkeit aus, Hans. Wir sind billige Arbeitskräfte." Fritz war im Gesicht wieder rot angelaufen.

„Vor den Wahlen wird uns immer viel versprochen, mehr soziale Gerechtigkeit und so – alles Lug und Trug. Wenn die erst einmal dran sind, haben die all ihre Versprechen schnell wieder vergessen. Deshalb gehe ich schon lange nicht mehr zur Wahl."

„Nun halt aber mal die Luft an, Vati", unterbrach ihn sein Sohn. „Mit deinem Groll versaust du dir doch nur den ganzen Abend. Gib mir lieber noch ein Bier."

„Im Kühlschrank steht kaltes, das kannst du dir holen. Bring mir bitte auch noch eins mit."

Christian ging in die Küche. Ich hörte, wie er dort seine Mutter neckte.

„Was macht euer Sohn beruflich?", fragte ich Fritz.

„Nach dem Abi hat er Informatik studiert, bei IBM, ein BA-Studium", erwiderte Fritz.

„Was ist das, ein BA-Studium?", fragte ich ihn. „Ich glaube BA heißt Betriebsakademie. Man braucht einen Ausbildungsbetrieb. Er hat studiert und gleichzeitig noch in dem Ausbildungsbetrieb gelernt, oder so ähnlich. Hinterher hat man gute Chancen, vom Betrieb übernommen zu werden", erklärte er mir. „Hört sich nicht schlecht an. Und wie sieht es mit dem Geld aus?" „Er arbeitet im mittleren Management. Dem geht es besser als uns. Nur mit seiner wilden Karin, da hat er ab und zu mal ein Problem. Aber die beiden sind ja nicht miteinander verheiratet. Die Jugend heute lebt anders als wir früher. Wenn es Probleme gibt, dann trennen die sich einfach wieder. Die nehmen das alles nicht so verbissen. Und wenn es wirklich mal eng wird, dann hat Christian ja immer noch seinen Wohnungsschlüssel bei uns."

Ich spürte, dass Fritz seinen Sohn insgeheim ein wenig beneidete. Aber ein alter Baum lässt sich nun einmal nicht mehr umpflanzen. Fritz tat mir leid. Die Unzufriedenheit mit seinem eigenen Leben war deutlich zu spüren. Ich wusste aber nicht, wie ich ihm da hätte helfen können. „Jeder stirbt für sich allein", hatte Hans Fallada einmal geschrieben. Er kannte sich gut in der menschlichen Seele aus.

„Was liest du für historische Bücher?", setzte ich unser Gespräch fort.

„Ach, eigentlich alles, was mir so in die Hände fällt", antwortete Fritz und zündete sich eine Zigarette an. „Komm, ich zeige dir mal meine Schatzkammer."

Wir gingen in das ehemalige Kinderzimmer von Christian. Seine Liege stand immer noch dort.

„Für den Fall aller Fälle", sagte Fritz augenzwinkernd. Abgesehen von der Liege hatten sich Fritz und seine Frau dort ein kleines Hobbyzimmer eingerichtet. Eine Nähmaschine stand auf dem kleinen Tischchen.

„Meine Frau näht gerne, sie hat geschickte Hände. Außerdem sparen wir dadurch so manchen Euro", sagte Fritz stolz. „Aber viel Zeit bleibt ihr nicht dafür. Offiziell hat sie im Altenpflegeheim eine Vierzig-Stunden-Woche. Aber in Wirklichkeit sind es oft fünfzig, manchmal auch fünfundfünfzig Stunden pro Woche. Alles ohne zusätzliches Geld. Theoretisch kann sie die Überstunden abbummeln, praktisch hat das bisher nur ein einziges Mal geklappt. Wenn sie aber aufmuckt, dann wird sie gefeuert. Zehn andere warten schon auf ihre Stelle. Das ist für mich ebenso Ausbeutung wie bei mir Hartz IV", begann Fritz sich schon wieder in Wut zu reden.

„Aber wir brauchen das Geld, uns bleibt keine andere Wahl", sagte er abschließend zu diesem Thema.

„Schau, das hier ist mein ganzer Stolz."

Wir standen vor einem alten Bücherschrank aus massivem Eichenholz, in dem zahlreiche Bücher sorgfältig geordnet standen. Ich überflog kurz die Buchrücken: „Das antike Rom", „Die Hethiter", „Die Azteken".

„Wenn ich solche Bücher lese, dann vergesse ich für ein paar Stunden alles um mich herum, tauche in eine andere Welt ein", schwärmte Fritz. „Dann vergisst mein Vater sogar diesen blöden Ziegenhahn." Christian war zu uns hereingekommen.

„Macht euch nur nicht so breit in meinem Zimmer", sagte er lachend.

Christian kramte in seiner Reisetasche, die in der Ecke stand.

„Ich habe dir was mitgebracht, Vati."

Mit diesen Worten drückte er seinem Vater ein Buch in die Hand, das noch eingeschweißt war. „Chronik der Weltgeschichte" las ich auf dem Einband. Fritz drückte seinen Sohn an sich. Tränen standen in seinen Augen. „Das habe ich mir schon oft in der Buchhandlung angesehen, aber immer wieder zurückgestellt, weil es so teuer ist. Damit machst du mir eine große Freude, Christian. Ich danke dir."

Mit zitternden Händen riss er die Folie auf und blätterte glücklich im Buch. Dann stellte er es zu den anderen Büchern in den Schrank und strich liebevoll über den Buchrücken. Ich ging mit Fritz zurück ins Wohnzimmer, während Christian weiter seine Reisetasche auspackte.

„Darf ich Ihnen noch etwas anbieten?", fragte mich Frau Pasch.

„Einen Schluck Rotwein trinke ich noch, aber dann mache ich mich langsam wieder auf die Socken."

Fritz holte sich noch ein kaltes Bier aus dem Kühlschrank und prostete mir zu.

„Wie gefällt Ihnen die Arbeit im Altenpflegeheim?", fragte ich Frau Pasch.

„Meine Arbeit kann man nur lieben oder hassen", sagte sie lachend. „Sie ist unglaublich schwer und anstrengend, doch mir macht sie immer noch Spaß, denn ich wollte schon immer in der Pflege arbeiten. Vor vier Jahren hatte es dann endlich geklappt. Wie Sie sicherlich wissen, wurde damals das Altenpflegeheim in unserer Stadt gebaut. Die brauchten natürlich Arbeitskräfte. Ich habe mich sofort beworben, eine Stelle bekommen und es seitdem meine Entscheidung noch keinen einzigen Tag bereut."

Fritz zog die Stirn kraus und sagte: „Aber ausgebeutet werdet ihr nach Strich und Faden. Überlege mal, wie viele

Überstunden du schon machen musstest, ohne auch nur einen einzigen Cent dafür zu sehen."

„Überstunden dürfen wir abbummeln", widersprach sie ihm. „Doch das klappt natürlich nicht immer. Ich arbeite aber nicht nur, um Geld zu verdienen. Es macht mir Spaß, bedürftigen Menschen zu helfen. Die sind so dankbar. Es ist manchmal aber auch bedrückend, wie viel Elend man in einem Altenpflegeheim sieht. Manche alten Menschen werden von ihren eigenen Kindern ins Heim abgeschoben und dort im Stich gelassen. Die haben einfach keine Lust mehr, sich um ihre alten Eltern zu kümmern. Die stören ja nur. Da ist zum Beispiel eine Frau Peters, eine sehr nette alte Dame. Die lebt seit drei Jahren in unserem Heim. Ihre vier Kinder haben sie bisher noch nicht ein einziges Mal besucht. Manchmal sitzt sie weinend auf ihrem Bett. Dann tröste ich sie und nehme ihre Kinder in Schutz, damit die alte Frau nicht noch mehr verbittert. Ja, so ist das heutzutage, jeder denkt nur noch an sich selber."

Stille und Betroffenheit nach solchen Worten.

„Da siehst du es wieder, Hans, wir leben in einer Raubtiergesellschaft. Schon unsere Kinder werden zu Egoisten erzogen. Sie müssen frühzeitig lernen, ihre Ellbogen zu gebrauchen, sonst gehen sie unter. Schlag die Zeitung auf, nur noch kaputte Menschen, ist das nicht ein Jammer? So habe ich mir das damals nicht vorgestellt, als wir 89 auf die Straße gingen, für Freiheit und Demokratie. Doch wie …"

Frau Pasch unterbrach ihn: „Aber natürlich ist die Altenpflege heutzutage viel humaner, als früher zu DDR-Zeiten. Heute muss keiner mehr auf einen Platz warten, er muss nur das nötige Kleingeld haben."

„Bekommt man dafür nicht finanzielle Unterstützung vom Staat?", wollte ich wissen.

„Ja, aber manche alten Menschen wissen nicht, wie sie das anstellen sollen. Wir haben in unserem Heim extra einen Mitarbeiter, der bei Bedarf Hilfestellung gibt."

Ich hörte ihrer angenehmen Stimme gerne zu und sah zum ersten Mal an diesem Abend, dass sie schöne braune Augen hatte, die viel Güte ausstrahlten.

Ich schaute auf die Uhr und trank mein Glas leer.

„Ich glaube, es ist langsam Zeit für mich zu gehen."

„Hans, es hat mich wirklich gefreut, dass du dir die Zeit genommen hast. Wir ehemaligen Kollegen müssen doch zusammenhalten in diesen schwierigen Zeiten", sagte Fritz. „Komm, ich zeige dir schnell noch meinen Garten."

Ich drückte Frau Pasch die Hand und bedankte mich für ihre Gastfreundschaft.

„Kommen Sie doch bald einmal wieder. Aber dann müssen Sie unbedingt zum Essen bleiben."

Christian telefonierte, offensichtlich mit seiner Lebensgefährtin.

„Grüßen Sie Ihren Sohn von mir", sagte ich zu Frau Pasch. „Ich drücke ihm beide Daumen", rief ich ihr noch aus dem Treppenhaus zu.

„Schau, Hans, das hier ist mein Garten."

Es war dämmrig geworden. Fritz öffnete ein kleines Gartentor. Gepflegte Beete mit Bohnen, Kartoffeln und Gurken links und rechts vom sauberen Weg. Die üppigen Tomatenpflanzen standen schnurgerade, angebunden an Holzpfählen. Ein Pflaumenbaum hing so voll, dass die Äste abgestützt werden mussten. Wir standen vor einer alten Gartenlaube, sicherlich noch aus DDR-Zeiten.

„Das habe ich alles mit meinen eigenen Händen angelegt. Unsere Vormieter hatten kein Interesse am Garten. Nur Unkraut haben die uns hinterlassen."

Fritz führte mich stolz durch sein kleines Gartenreich. Mir wurde klar, wie wichtig dieser kleine Garten für ihn war. Wenn er das einmal aufgeben muss, wird ihm sicherlich das Herz brechen, ging es mir durch den Kopf. In einer alten Betongarage am Haus bewahrte Fritz seine Gartengeräte auf. „Hast du kein Auto?", fragte ich ihn überrascht.

„Nee, Hans, mich bringt keiner mehr auf die Autobahn. Da bin ich einfach zu alt. Das Geld für ein Auto haben wir natürlich auch nicht übrig. Wir kommen gerade so über den Monat."

Er winkte mir noch lange hinterher, bis er schließlich von meinem Rückspiegel verschwunden war.

Hans-Dieter Weber

Stammtisch

An einem sonnigen Dienstagnachmittag im September hatte ich ein paar Dinge in Merseburg zu erledigen. Kurz entschlossen stieg ich ins Auto und fuhr los. Das Fahrzeug stellte ich in der Tiefgarage ab und schlenderte zu Fuß weiter in Richtung Marktplatz.

„…freuen wir uns ganz besonders darüber, dass wir, natürlich dank Ihrer Unterstützung, werter Herr Oberbürgermeister, die Sanierung mit dem heutigen Tage abschließen konnten."

Ich war in eine Menschenansammlung geraten, die vor dem historischen Hotel „Zur Sonne" stand. Bei strahlendem Sonnenschein wurde das frisch sanierte Haus offensichtlich gerade wiedereröffnet. Ich ging etwas näher heran.

„Fast vier Millionen Euro haben wir in achtzehn Monaten verbaut, um dieses altehrwürdige Haus wieder zum Leben zu erwecken. Davor stand es über fünfundzwanzig Jahre als Ruine an diesem wunderschönen Marktplatz und drohte endgültig zu verfallen."

Ich sah drei ältere Herren in dunkelgrauen Anzügen vor dem Hoteleingang stehen, einer hielt ein Mikrofon in der Hand. Daneben standen der Oberbürgermeister und ein paar Mitarbeiter aus der Stadtverwaltung, die ich flüchtig kannte. Die drei Herren waren offensichtlich die neuen Eigentümer. Ich erkannte auch einen Journalisten des „Merseburger Tagesanzeigers", der fleißig mitschrieb. Blitzlichter zuckten auf.

„Unser Unternehmen ist darauf spezialisiert, denk-malgeschützte Objekte zu sanieren und wieder einer sinnvollen Nutzung zuzuführen", fuhr der Herr in seiner Rede fort. „Sie können sich in vielen Städten Deutsch-lands von unserer Leistungsfähigkeit überzeugen, meine Damen und Herren."

Ich sah, wie der Oberbürgermeister eine gelbe Kartei-karte aus seiner Jacketttasche zog. Er bekam das Mikro-fon in die Hand.

„Für Merseburg ist heute ein großer Tag. Nach lang-jährigen Bemühungen ist es uns endlich gemeinsam ge-lungen, das stadtbekannte Hotel „Zur Sonne" wieder zum Leben zu erwecken. Wir freuen uns …"

Er bekam einen Hustenanfall und zog ein Taschen-tuch aus der Hosentasche.

„Entschuldigung meine Damen und Herren, aber die Grippe hat mich leider erwischt. Wir freuen uns, dass endlich dieser Schandfleck an der Westseite unseres wun-derschönen historischen Marktplatzes verschwunden ist."

Er bekam reichlich Applaus. Nicht ohne Stolz ging er zurück an seinen Platz.

„Wir sind glücklich, Ihnen heute auch gleich noch die Betreiber unseres Hotels vorstellen zu dürfen. Nach lan-gem Suchen haben wir uns für das Ehepaar Schmieder entschieden, das sich damit eine neue Existenz aufbauen will. Wir bedanken uns ganz herzlich bei der Saalespar-kasse, die sofort bereit war, die Schmieders mit einem Kredit zu unterstützen", verkündete einer der Herren im dunkelgrauen Anzug.

Ein junges Ehepaar kam vor an das Mikrofon und lud die Anwesenden zum Freibier ein, was natürlich allge-meine Begeisterung auslöste. Da ich mit dem Auto unterwegs war, entschied ich mich lieber für ein Glas

Orangensaft und nahm mir ein belegtes Brötchen vom Teller. Unsere alte „Sonne" war also wieder auferstanden. Als Student war ich hier mit meinen Freunden häufiger Gast gewesen. Meistens trafen wir uns am Sonntagabend zum Stammtisch. Wir, das waren Peter, Jürgen und Günter, mit denen ich auch heute noch hin und wieder Kontakt habe. Wäre es nicht toll, sich wieder einmal hier in der „Sonne" zum Stammtisch zu treffen, so wie in alten Zeiten? Ich nahm mir vor, meine Freunde heute noch anzurufen. Fast vier Jahrzehnte waren vergangen, seitdem wir uns zum letzten Mal in der „Sonne" getroffen hatten. Wie schnell doch die Zeit vergeht. Damals standen wir alle noch am Anfang unseres Lebensweges, waren voller Pläne und Illusionen. Günter ist mittlerweile schon Rentner. Fast ein ganzes Menschenleben liegt zwischen damals und heute.

Am Abend rief ich meine alten Jugendfreunde an. Jürgen war im Urlaub, wie mir sein Anrufbeantworter berichtete. Peter hatte ich vor zwei Jahren zuletzt gesehen. Aber er ging gleich ans Telefon. Er fand die Idee prima. Aber einen Termin wollte er mit mir erst vereinbaren, wenn Jürgen aus dem Urlaub zurück wäre. Er gab mir die Telefonnummer seiner Lebensgefährtin, bei der er sich meistens aufhielt. Günter war sofort Feuer und Flamme.

„Na klar kannst du mit mir rechnen", hörte ich seine unverkennbare Stimme am Telefon. „Prima Idee, könnte von mir sein, ha, ha, ha."

Seine Begeisterungsfähigkeit war ihm geblieben. Er war sofort bereit, mit Jürgen einen Termin zu vereinbaren. Der würde wohl etwa in einer Woche wieder zurück sein, wie er mir sagte. Ich wusste, dass Günter und Jürgen noch immer eng befreundet waren. Eine Woche später rief er zurück. Am darauffolgenden Sonntagabend, um neunzehn Uhr, wollten wir uns alle wieder in der „Sonne" treffen, so wie zuletzt vor fast vierzig Jahren.

Zehn Minuten vor der vereinbarten Zeit drückte ich die Klinke der Eingangstür herunter. Ich war der Erste und schaute mich interessiert um. Es roch stark nach Farbe. Die Gaststätte war kaum wiederzuerkennen, so dass ich mich erst einmal orientieren musste. Der Einrichtungsstil erinnerte sehr an die alte „Sonne". Die junge Wirtin begrüßte mich freundlich.

„Ich hatte einen Tisch für vier Personen bestellt."

„Ach, Sie sind das. Ich habe für Sie den Stammtisch reserviert. Darf es schon ein Bierchen sein?"

Ihre Stimme klang angenehm warm. Ich setzte mich und bestellte mir ein Bier vom Fass. Der Stammtisch stand etwas abseits und war durch einen Raumteiler vom übrigen Gastraum getrennt. Der neue Tresen stand noch genau an der Stelle, wo früher der alte gestanden hatte. Doch der Eingang zur Küche war verlegt worden. Der Gastraum wirkte auf mich etwas kleiner, als ich ihn von früher her in Erinnerung hatte. Bei der Nutzung des neuen Hauses sollte wahrscheinlich der Hotelbetrieb im Vordergrund stehen. Die Gaststätte war wohl nur als Ergänzung gedacht.

„Wie viele Zimmer haben Sie denn?", fragte ich die Wirtin, als sie mir das Bier brachte.

„Insgesamt sechsunddreißig, zweiunddreißig Doppelzimmer und vier Suiten", erwiderte sie stolz.

„Wir wollen mit unserem Angebot vor allem Geschäftsreisende ansprechen. Am Wochenende bieten wir unsere Zimmer besonders preisgünstig an."

Die Tür zur Gaststätte öffnete sich und Günter trat ein. Sein wie immer kurzgeschnittenes dichtes Haar war vollständig ergraut. Er ist der älteste von uns allen und schon seit zwei Jahren in Rente.

„Hallo Horst, lange nicht mehr gesehen. Wie geht es dir, altes Haus?", begrüßte er mich. Er bestellte sich ein Glas Mineralwasser. Als ich ihn erstaunt anblickte, sagte er: „Seit vier Jahren habe ich keinen Tropfen Alkohol mehr angerührt. Erst wenn man krank ist, lernt man die Gesundheit zu schätzen."

Er setzte sich zu mir an den Stammtisch und schaute sich interessiert in der Gaststätte um.

„Ganz schnucklich geworden, fast so wie früher. Die junge Wirtin übrigens auch, oder was meinst du?"

Er grinste mich an und schlug mir lachend auf die Schulter. Er hatte sich kein bisschen verändert, obwohl ihn seine Petra schon seit über dreißig Jahren fest an der Kette hatte. Die Tür öffnete sich erneut, Peter und Jürgen kamen zusammen herein. Da gab es natürlich ein großes Hallo.

„Mensch Alter, schön dass du uns mal wieder zum Abendessen einlädst", scherzte Peter.

Er drückte meine Hand so kräftig, dass ich vor Schmerz mein Gesicht verzog.

„Das muss ein Irrtum sein", erwiderte ich scheinbar entrüstet. „Von meiner Frau habe ich nur zehn Euro bekommen."

„Noch so ein alter Ehekrüppel", kicherte Jürgen. „Mir war aber auch so, als wenn du was von Freibier gesagt hättest", rief er mir auf dem Weg zur Toilette zu.

„Der hat wohl immer noch seine Konfirmandenblase?", lästerte Günter.

Die Wirtin stellte das Mineralwasser hin.

„Bitte ein gut gekühltes und ein normales Bier", bestellte Peter.

„Du musst ja mächtigen Durst haben, dass du dir gleich zwei Bier auf einmal bestellst", frotzelte ich.

Jürgen kam von der Toilette zurück. Endlich saßen wir alle zusammen und prosteten uns zu.

„Auf die alten Zeiten", rief ich mit erhobenem Glas.

„Das war wirklich eine gute Idee von dir", lobte mich Jürgen.

„Reiner Zufall, dass ich zur Wiedereröffnung gerade in der Nähe war", entgegnete ich.

„Wie lange war die Sonne eigentlich geschlossen?", fragte Jürgen.

„Das müssen doch mindestens fünfundzwanzig Jahre gewesen sein", schätzte Peter.

„Unser letzter Stammtisch dürfte etwa vierzig Jahre zurück liegen", sagte ich.

„Es sind genau achtunddreißig Jahre, neun Monate und vierundzwanzig Tage", erklärte uns Günter sachkundig. Mein Blick fiel auf Jürgen. Er hatte sich in den letzten Jahren äußerlich stark verändert. Damals ging er noch in die Musikschule und nahm Gitarrenunterricht.

„Jürgen, was macht eigentlich deine Gitarre?", fragte ich ihn.

„Hängt am Nagel. Irgendwann hatte ich einfach keine Lust mehr."

„Da hast du aber eine große Chance in deinem Leben verpasst. Du hättest ein neuer Clapton werden können", rief Peter verschmitzt.

„Überhaupt Jungs, was macht die Musik?", fragte ich in die Runde.

Damals war Popmusik unser wichtigstes Gesprächsthema gewesen. Jeder von uns hatte eine Schallplattensammlung zu Hause und war stolz auf sein Tonbandgerät. Peter und ich hatten uns sogar zwei Jahre lang als Diskjockeys auf den Dörfern herumgetrieben.

„Nichts mehr los heute, nur noch Kommerz." Peter winkte ab und trank einen Schluck Bier. „Meine Beatles-Sammlung ist immer noch unerreicht."

Jürgen protestierte: „Wer hört denn heutzutage noch Beatles?"

„Ich habe mir letzte Woche eine CD von Al De Meola zugelegt, phantastische Musik", schwärmte ich.

„Was, du hast dir eine CD bei ALDI gekauft? So weit ist es schon mit dir gekommen", lästerte Peter.

Er prostete mir zu.

„Was macht die Liebe?", fragte ich Günter. „Ach weißt du, im Grunde ist es immer dieselbe", erwiderte er grinsend. „Aus dem Löwen von damals ist ein zahmer Stubentiger geworden", lästerte Peter.

„Du mit deinem ausschweifenden Liebesleben musst ganz ruhig sein", konterte Günter. Während Günter seit über dreißig Jahren verheiratet war, hatte sich Peter nach seiner Scheidung nie wieder fest gebunden.

„Den Fehler macht man doch nicht zweimal", hatte er mir vor Jahren einmal gesagt.

Ich wusste, dass er heute wieder bei seiner Mutter lebte. Peters Vater war vor ein paar Jahren verstorben. Seine Lebensgefährtin hatte ihre eigene Wohnung. Er war seit Jahren arbeitslos und hatte immer mal wieder in einer „Maßnahme" gejobbt. Eigentlich war er Elektriker von Beruf, später aber auf Koch umgestiegen. Nach der Wende hatte er mehrfach versucht, eine Gaststätte zu betreiben, war aber immer wieder gescheitert. Sicherlich hatte er dabei Geld eingebüßt. Seine Mutter bekam eine gute Witwenrente, ihr Mann war zu DDR-Zeiten im Bergbau beschäftigt gewesen. Dadurch konnte sie ihren einzigen Sohn finanziell unterstützen. Sicherlich auch in der Hoffnung, dass er einmal das kleine Einfamilienhäuschen übernehmen würde. Nur durch die Unterstützung seiner Mutter kam Peter mit dem Geld einigermaßen über den Monat. „Mir knurrt langsam der Magen. Wirtschaft, bitte die Speisekarte", rief Günter der Wirtin zu, die hinter dem Tresen stand.

Sie kam an unseren Tisch und brachte jedem gleich ein frisches Bierchen mit, Günter sein Mineralwasser.

„Könnt ihr euch noch erinnern, was es hier früher zu essen gab?", fragte uns Jürgen. „Na klar. Vor allem die extra scharfe Gulaschsuppe nach Art des Hauses werde ich nie vergessen", erwiderte Peter. „Das war wirklich der Renner. Solch eine gute Gulaschsuppe habe ich seitdem nie wieder in einer Gaststätte gegessen. Die war so scharf, dass einem beim Essen der Hals brannte. Dann brauchte man natürlich ein großes Bier, um den Brand wieder zu löschen", konnte ich mich noch erinnern.

„Der Rekord waren sieben Suppen von Peter", fiel Günter dazu ein.

„Nun lasst uns aber erst mal auf die Speisekarte schauen", fuhr er fort.

Offensichtlich hatte er großen Hunger. Wir bestellten und waren alle sehr auf das Essen gespannt.

„Wäre doch toll, wenn die Gulaschsuppe von früher heute wieder im Angebot wäre", meinte Jürgen.

„Das war quasi ein Geheimrezept. Aber wir können ja nachher der Wirtin mal einen Tipp geben", schlug Peter vor.

Nach einiger Zeit brachte die Wirtin das Essen.

„So, meine Herren, jetzt geht es los", sagte sie freundlich. „Sieht lecker aus", lautete einhellig das Urteil.

Wir ließen es uns schmecken.

„Wie läuft es bei dir so in der Firma?", fragte ich Jürgen mit vollem Mund. Jürgen hatte studiert und war danach als Techniker zu einem Betrieb gegangen, der Industrieanlagen baut und montiert.

„Momentan nicht so gut. Wir haben Kurzarbeit. Seit ein paar Jahren ist der Markt schwierig geworden. Es wird zu wenig investiert."

Ich wusste, dass Jürgen Angebote bearbeitete. Er war deshalb viel im Ausland unterwegs und versuchte, an Aufträge für seine Firma heranzukommen.

„Diese beschissene Bankenkrise hat mittlerweile die ganze Wirtschaft erfasst", fügte er zornig hinzu.

„Da konnten einige den Rachen nicht voll genug kriegen. Am Ende landet die ganze Rechnung sowieso wieder beim Steuerzahler", meinte Peter. „Und wie viel Geld da plötzlich locker gemacht wird, um den Zockern unter die Arme zu greifen. Aber für die armen Schweine in unserem Land, da drehen die jeden Cent dreimal um. Das ist doch ehrlich zum Kotzen", sagte er verbittert.

Ich sah ihm seine Unzufriedenheit an.

„Hast du mal drüber nachgedacht, was passiert wäre, wenn der Staat die Banken nicht unterstützt hätte?", fragte ihn Günter.

„Das weiß ich doch nicht. Ist mir auch egal. Bin nicht der Bundeskanzler", winkte er ab.

„Hört endlich auf, euch zu streiten. Das bringt doch nichts", versuchte ich das Gespräch zu beruhigen.

„Schaut euch lieber mal um. Habt ihr die netten Mädels da drüben schon bemerkt?", unterstützte mich Günter.

„Du kannst es wohl immer noch nicht lassen, du alter Triebtäter?", fiel ihm Jürgen ins Wort.

Unser Gespräch ging im allgemeinen Gelächter unter.

„Wie geht's deiner Frau?", fragte ich Jürgen, als sich alle wieder beruhigt hatten.

„Ach, der geht es gut. Die arbeitet seit drei Jahren bei der Agentur. Davor war sie ein paar Jahre arbeitslos. Die musste mehrere Umschulungen über sich ergehen lassen, ehe es mit der Stelle geklappt hatte", erwiderte er. Jürgen bestellte noch eine Runde Bier. Dann zeigte er uns stolz ein Foto, auf dem seine Tochter zu sehen war.

„Hübsches Mädchen, kommt ganz nach deiner Frau", lästerte Günter.

„Angela wird im nächsten Jahr fertig mit ihrem Studium der Ernährungswissenschaften", fügte Jürgen hinzu.

„Was kann man denn mit so einem Abschluss hinterher anfangen?", fragte ich skeptisch. „Sie kann zum Beispiel in der Lebensmittelbranche arbeiten oder auch im sozialen Bereich. Sie weiß es aber selber noch nicht so genau. Wir lassen uns überraschen. Das Studium war ihre Entscheidung. Wir haben ihr aber keine Steine in den Weg gelegt", erklärte mir Günter. „Wichtig ist doch heutzutage, dass die Kinder eine ordentliche Ausbildung bekommen. Nur dann sind sie vor Arbeitslosigkeit einigermaßen geschützt", setzte er fort. „Theoretisch hast du vielleicht recht", erwiderte Peter. „Aber praktisch ist es doch heute auch nicht viel anders, als damals zu DDR-Zeiten. Was wirklich zählt, sind Beziehungen. Aus den alten Seilschaften sind inzwischen längst neue entstanden."

Jürgen unterbrach ihn: „Trotzdem hat Günter recht. Wir haben uns um unseren Sohn nie Sorgen machen müssen. Der hat selber frühzeitig begriffen, wie wichtig heute gute Ausbildung ist. Man kann doch nicht immer nur auf den Staat schimpfen. Jeder ist für sein Leben auch noch selber verantwortlich."

Alle schwiegen.

„Das steckt noch so drin in unseren Köpfen", sagte Jürgen. „Wir sind in der DDR so erzogen worden. Eine neue Gesellschaftsordnung sollte angeblich die Lösung aller Probleme sein. Das reinste Schlaraffenland. Doch die Wirklichkeit sah ganz anders aus."

Peter sah Jürgen herausfordernd an.

„Jedenfalls ging es mir damals wesentlich besser", schimpfte er. „Und die ganzen Politiker mit ihrem Gequatsche, die können mich alle mal kräftig am Arsch lecken."

„Nun hört aber auf. Wir wollen uns doch heute Abend nicht streiten", versuchte Günter zu schlichten.

Ich schwieg, um den Streit nicht noch weiter anzuheizen. Schließlich hatten wir uns hier in der „Sonne" getroffen, um an alte Zeiten anzuknüpfen.

„Wie fühlt man sich so als Rentner?"

Mit meiner Frage an Günter versuchte ich unserem Gespräch eine andere Richtung zu geben.

„Mir geht es so weit ganz gut, kann nicht klagen", antwortete er. „Erst habe ich immer gedacht, wenn es einmal so weit ist, dann würde ich in ein tiefes Loch fallen. Alles Unsinn, es liegt an jedem selber, wie er damit klar kommt." Er trank einen Schluck Mineralwasser.

„Jeder hat es selbst in der Hand, was er aus seinem Leben macht. Ich habe immer was zu tun. Langeweile kenne ich nicht. So arbeite ich beispielsweise im Vorstand vom Merseburger Kulturverein mit. Wir sind gerade dabei, neue Veranstaltungen auf die Beine zu stellen. Wir denken da an eine Jazzmusik-Reihe und an Kabarett. Aber ohne Sponsoring läuft heute da nicht viel zusammen. Also bin ich viel unterwegs, um Kontakte zu knüpfen, um Leute kennenzulernen, die bereit sind, dafür

Geld auszugeben. Aber ihr kennt mich ja, ich muss immer unter Dampf stehen."

Günter machte eine Pause.

„Und solange meine Christel noch Arbeit hat, geht es uns beiden gut. Wir haben nie auf großem Fuße gelebt. Wir wohnen immer noch in derselben Plattenbauwohnung. Unseren Golf haben wir gebraucht gekauft. Ich fahre ihn schon seit über zehn Jahren. Das einzige, wo wir nicht sparen, ist unser jährlicher Urlaub. Wir haben schon viel von der Welt gesehen."

Günter war weit aus sich herausgegangen, hatte seinen Schutzschild für ein paar Minuten abgelegt. Das befreit, macht aber auch angreifbar.

„Darf ich den Herren am Stammtisch vielleicht noch was bringen?", schreckte uns die Wirtin aus unseren Gedanken auf. „Wie gefällt es Ihnen übrigens in unserer neuen Gaststätte?", fragte sie jugendlich unbeschwert in die Runde.

„Vor achtunddreißig Jahren, ich glaube, da waren Sie noch gar nicht geboren, haben wir hier schon am Stammtisch gesessen", erwiderte ich. „Wir freuen uns jedenfalls alle sehr, dass die Gaststätte wieder eröffnet wurde und natürlich gefällt es uns hier bei Ihnen. Doch wenn ich mir eine kleine Kritik erlauben darf – wir vermissen die Gulaschsuppe von früher."

Überrascht schaute mich die junge Frau an.

„Davon habe ich auch schon von anderen Gästen gehört. Wir werden versuchen, das Rezept ausfindig zu machen."

„Das wäre natürlich super", meinte Günter.

Wir bestellten uns alle Mokka.

„Bald sind wieder Bundestagswahlen. Unsere Stadt ist zugehängt mit diesen scheußlichen Wahlplakaten", setzte

Peter das Gespräch fort. „Ich wähle schon seit Jahren nicht mehr. Ändern kann man doch damit sowieso nichts. Die da oben machen, was sie wollen", fügte er hinzu.

„Das sehe ich anders", protestierte Günter. „Sind wir 1989 nicht auch wegen freier Wahlen auf die Straße gegangen?" „Das stimmt schon, aber ich denke ähnlich wie Peter", meinte Jürgen. „Diese Politiker stecken doch alle unter einer Decke. Nicht Rot, nicht Schwarz, nicht Grün und nicht Gelb, sondern das Geld regiert in Wirklichkeit in Deutschland. Wer Geld hat, der bestimmt. Diese Politiker sind bloß Marionetten", begründete er seine Meinung.

„Streitet euch doch nicht schon wieder über Politik."

Es wurde mir langsam zu bunt.

„Wer nicht wählen will, der wählt halt nicht", fiel mir Günter ins Wort. „Aber man sollte dann schon deutlich sagen, was man will und nicht nur meckern."

„Ich glaube, das wissen viele doch selber nicht so genau. In Wahrheit wünscht sich kaum jemand die alte DDR zurück. Doch je länger das her ist, desto mehr wird diese Zeit idealisiert und verklärt." Ich machte meinem Herzen Luft.

„Du kannst gut reden, du warst ja noch nie arbeitslos", musste ich mir dafür von Peter anhören.

„Ich finde, das eine hat mit dem anderen nichts zu tun. Meine politischen Anschauungen sind nicht davon abhängig, ob ich gerade Arbeit habe oder nicht", verteidigte ich meine Meinung.

Jeder von uns, ausgenommen Günter, hatte an diesem Abend schon einige Bierchen und Schnäpse getrunken. Unser Gespräch wurde deshalb immer hitziger und verworrener.

„Haltet doch endlich mal eure Klappen. Wenn ihr nicht sofort aufhört, dann gehe ich", beendete Günter unseren Streit abrupt. Wir schauten ihn überrascht an und schwiegen betroffen.

Wir spürten, wie die Spannungen zwischen uns knisterten. Jeder von uns war in den letzten Jahrzehnten seinen eigenen Weg gegangen. Wir hatten uns auseinander gelebt. Alles war heute nur noch Krampf, nur noch Fassade, nur noch Illusion. Das Leben hatte uns längst getrennt. Wir waren dabei gewesen, uns selber etwas vorzumachen. Es führt kein Weg zurück in die Vergangenheit.

Jeder bezahlte betroffen seine Rechnung. Wir verabschiedeten uns einsilbig. Keiner schlug einen neuen Stammtischtermin vor.

„Tschüss Günter. Du hast ja meine Telefonnummer", verabschiedete ich mich von ihm.

In meinen Gedanken war ich längst schon wieder woanders.

Dr. Dietrich Werner

Merseburger Rabengeschichten

Die Krähen sind gekommen

Die Krähen kommen immer dann, wenn es kalt geworden ist. Es ist Spätherbst, die Bäume haben ihre Blätter verloren. Die Lufttemperatur sinkt täglich. Es ist Dezember, die freundlichen Herbsttage und der neblige November sind vergangen. Die Nächte sind kalt bis sehr kalt geworden. Dieser Tage sind sie wieder gekommen, die schwarzen Gesellen, wie ich sie gerne nenne. Sie sind in Scharen gekommen und hüpfen auf den Wiesen und Freiflächen nahe unserem Wohnhaus herum. Ständig auf der Suche nach Futter durchwühlen sie das Laub, durchsuchen das Gestrüpp. Auffallend ist ihr Hüpfen. Es erscheint mir seltsam und grotesk, schon eher etwas lächerlich im Gegensatz zum gravitätischen und stolzen Schreiten eines Marabus. Das Hüpfen dient dazu, schnell an die Stelle zu gelangen, wo etwas Freßbares ist. Der spitze Schnabel wird dabei als Universalwerkzeug benutzt, es wird damit gegraben und gehackt, sondiert und gestochert. Ihre Nahrung umfaßt Samen aller Art, Nüsse und Eicheln, Getreide und Früchte, auch Aas wird verwertet. Weite Flächen werden systematisch abgesucht.

Der Hunger hat sie nach Westen fliegen lassen. Sie haben lange keine Nahrung gefunden, bestimmt schon über Wochen. Nun sind sie wieder zu uns gekommen, aus einer Gegend des Hungers und der Kälte. Hier finden sie überall etwas, hier ist schon so etwas wie Überfluß, und es ist warm entsprechend ihren Ansprüchen. Während bei uns die Singvögel in den Süden fliegen, kommen sie aus dem Osten, wo im Winter ausgedehnte Hochdruckgebiete mit eisig niedrigen Temperaturen bis minus 40 Grad Celsius vorherrschen. Bei dieser Kälte gibt es kaum noch etwas zu fressen. Was kann es noch Schlimmeres geben. So folgen die Krähen den Erfahrungen ihrer Vorgänger, der Hunger treibt sie auf die Wanderung nach Westen. Wahrscheinlich geht es in zeitlichen Abständen abschnittsweise voran, in Summe bis zu 3000 Kilometern. Hinter ihnen liegen die eisigen russischen Steppengebiete, vielleicht auch Westsibirien. Hier bei uns im Westen ist es für die Ankömmlinge wie im Schlaraffenland: überall gibt es Abfälle, Halden voll mit Wohlstandsmüll und Essenresten.

Für uns, die angestammten, wohnsitzgebundenen Bewohner, kündigen die Krähen den Winter an. Die kalte und dunkle Jahreszeit, in der sich die Menschen in ihren Wohnungen verkriechen, hat begonnen. Sie sind in Scharen gekommen, Freiflächen werden besiedelt, die Nähe des Menschen stört sie nicht. Das Leben der Neuankömmlinge ist sofort ausgefüllt mit der Futtersuche. Der Boden wird intensiv durchsucht, das Ungeziefer weggefressen. Auch Aas kann es hin und wieder sein, wie überall wird auch bei uns in der Tierwelt viel gestorben. Der Kreislauf des Lebens schließt sich.

Nachts schlafen sie gemeinsam auf den Bäumen, die entlang der Straßenbahnlinie stehen. Grau und schemenhaft sitzen sie oben auf ihren Schlafbäumen. Für mich ist es immer wieder erstaunlich, daß sie beim Schlafen nicht herunterfallen. Dort oben auf den Ästen sind sie sicher. Denn in der Dunkelheit kommen in die Städte Füchse, Marder und auch die verwilderten Katzen, die Jäger der Nacht. Die Nächte sind voller Leben in den Stunden, in denen sich die Menschen in ihren Wohnungen verkriechen. Sie verschlafen entsprechend ihrer biologischen Uhr die Nacht, während die Nachtaktiven ihr Tagwerk vollbringen.

Die Krähen sind seit jeher ziemlich standorttreu, kehren immer wieder in ihre Gegend und zu ihren Schlafbäumen zurück. Es sind Saatkrähen, sie gehören zur Familie der Rabenvögel. Die Gattung umfaßt Raben und Krähen. Wissenschaftlichen Untersuchungen zufolge sind Raben und Krähen die Vögel mit der größten Intelligenz. Ein Bekannter hat mir vor kurzem von ihrem hochspezialisierten Gehirn erzählt. Beispielsweise zeigen sie in Experimenten die Fähigkeit, komplexe Handlungen im voraus zu planen. Beim Verstecken von Futter beweisen sie große Merkleistungen. Ihr Lernverhalten ist erstaunlich, wie es das Ausnutzen des Straßenverkehrs zum Knacken von Nüssen beweist.

Der Merseburger Rabe
oder „Früher war die Zukunft auch besser"
(frei nach Carl Valentin)

Er sitzt in seinem Käfig am Merseburger Schloß. Seine Stimmung entspricht dem trüben Wetter in der Vorweihnachtszeit. Es ist nicht das Eingesperrtsein, das auf seine Stimmung drückt. Nein, das ist es nicht, was ihn stört. Denn daran hat er sich gewöhnt. „Das Leben in einem Käfig hat seine Vorteile", grummelt er vor sich hin. „Regelmäßiges Essen, eine trockene Wohnung, vor allem mietfrei". Das haben nicht alle Raben und ist nicht zu verachten. Was ihm die Laune verhagelt hat, sind die hoch oben kreisenden Krähenvögel. Sie machen sich über ihn lustig, finden seine Lage eher beschissen, wie sie es in ihrer primitiven Art auszudrücken pflegen.

Denn auf Grund seiner Geschichte fühlt er sich als etwas Besseres. Aber diese Zeiten liegen weit zurück: Asgard, das Heim der Asen, ist Burg und Wohnsitz der Götter. In Asgard liegen auch Walhall und Hlidskialf. Walhall ist der Wohnsitz Odins, wo er die im Krieg Gefallenen versammelt. Vom Aussichtsturm Hlidskialf blickt Odin auf die ganze Welt. Zwei Raben sitzen auf seinen Schultern, sie heißen Hugin und Munin. Odin sendet sie jeden Morgen in die Welt, um umfassend orientiert zu werden. So hat sich Hugin zum vorauseilenden Inbegriff für „den Gedanken" herausgebildet, Munin ist die Widerspiegelung für „die Erinnerung" geworden.

Der Käfigrabe reißt sich von seinen Gedanken an seine glorreiche Vergangenheit los und kehrt in die Gegenwart zurück. Naja, so ganz unrecht haben die Verwandten da oben wohl nicht. „Wenigstens eine Schicksalsgenossin hat man mir gegeben", denkt er so vor sich hin. Oder sollte man besser sagen „eine Leidensgenossin", fragt er sich dann weiter. Denn aus luftiger Höhe höhnen die kleineren Artgenossen: „Auf dein Leben in Unfreiheit können wir verzichten." Etwas wie ein Neidgefühl schleicht sich bei ihm ein.

Wir gehören zur gleichen Familie der Rabenvögel. Corvidae nennt man uns lateinisch, doziert der Merseburger Rabe zu den freiheitsliebenden Krähen über ihm. Die größeren Vertreter sind wir, die Raben, die kleineren werden als Krähen bezeichnet, belehrt der Rabe aus dem Käfig weiter. Daraus sollten sich von Grund auf Unterschiede zwischen uns ergeben. Wissenschaftlich gesehen sind Raben und Krähen die Vögel mit der größten Intelligenz. Interessiert hören die kleineren Verwandten hoch oben ihm zu. Sie scheinen beeindruckt, zuletzt entgegnen sie ihm höhnisch, daß er es mit seiner Intelligenz in der

Gefangenschaft nicht weit gebracht habe und begeben sich auf Futtersuche.

Seine Gefährtin sitzt neben ihm, hat die Auseinandersetzung mit den Krähen mitbekommen und versucht, ihn von seinen trübsinnigen Gedanken abzubringen. Aber er läßt sich von diesem Thema seines Sündenfalls nicht abbringen. Warum sitze ich in diesem Käfig und muß für die vermeintlichen Sünden meiner Vorfahren büßen? Der Diebstahl des Ringes aus bischöflichem Besitz und der Tod des treuen Dieners erscheinen ihm nicht logisch.

In der Allegorie, der vergleichenden Betrachtung, spricht man eigentlich von der diebischen Elster, nicht von dem goldgierigen Raben. Was sollte ein Rabe auch mit Gold anfangen? Es glänzt, aber das lichtreflektierende Metall kann man nicht fressen. Zum Nestbau ist es auch nicht geeignet.

Zum Raben gehört der Unglücksrabe, der sich im Wollknäuel verheddert, so jedenfalls bei Wilhelm Busch. Dieses Durcheinander scheint auch in der Geschichte der Merseburger Rabensage zu herrschen. Könnte es nicht so gewesen sein, daß ein machtgeiler Kirchenfürst den Ring verscherbelt hat, um, zum Beispiel wie der reliquiengeile Kardinal Albrecht aus dem benachbarten Halle, seine Schulden damit zu begleichen? Einiges in der Merseburger Rabensage „läuft nicht rund", orakelt dazu der krimibelesene und geschichtsbewußte Zeitgenosse.

Wodan, so habe ich meinen Raben genannt.

Er war kein Rabe, wohl eher eine Krähe. Ich hatte als Halbstarker, noch in meiner Grundschulzeit, eine Krähe großgezogen. Mit Freunden hatte ich ein Krähennest in schwindelerregender Höhe ausgenommen. Das Klettern auf die hohe Kiefer mit dem astlosen mittleren Teil war sehr schwierig gewesen, ich mußte meinen ganzen Mut und alle Kraft zusammennehmen, über den glatten Stamm zum Nest nach ganz oben zu gelangen. Die drei Jungvögel habe ich in den kleinen Sack an meinem Gürtel gestopft. Der Weg den Baum hinunter war auch nicht leicht gewesen. Die drei Jungvögel haben wir mit nach Hause genommen, jeder hat einen bekommen. Mein Großvater, er konnte mir keinen Wunsch abschlagen, gab mir einen freien Hasenstall als Unterkunft für unseren neuen Mitbewohner. Er tat es wohl in der Hoffnung, daß die „Krähe" nicht lange leben würde.

Aber ich habe um Wodan, so habe ich meinen Schützling genannt, gekämpft. Es war ein hartes Stück Arbeit, weil mein Zögling am Anfang die Nahrungsaufnahme verweigert hat. Ich entsprach wohl nicht dem Bild seiner Eltern. Da er nicht fressen wollte, habe ich ihm das Futter in den Hals gestopft und dann seinen Schnabel zugehalten. So hat er geschluckt und geschluckt. Er hat weitergelebt, das war für mich wichtig. Und dann kam der Tag, an dem er mir aus der Hand gefressen hat. Mit dem Beschaffen des Futters hatte ich keine Probleme, in Opas Misthaufen gab es genügend Würmer und Käfer. Und dann ist er gewachsen und gewachsen. Ich erinnere mich an den Tag, an dem ich ihn zum ersten Mal aus seinem Käfig genommen habe und ihn frei herumlaufen ließ. Er tat das recht gravitätisch; sichtlich erfreut bewegte er sich auf dem Hof am Haus meiner Großeltern. Dabei schaute er immer wieder nach mir, als wolle er von mir gelobt werden. Er kam dann sichtlich erfreut zu mir gehüpft. Das darauf folgende Streicheln war offensichtlich etwas, was ihm gefiel.

Er war dann viel im Freien auf dem Hof, wo auch die Hühnerschar meiner Großeltern zu Hause war. Der Konflikt mit dem Hahn war somit vorprogrammiert. Er hat sich dem Hahn nicht untergeordnet. Die Auseinandersetzungen mit dem Hahn begannen. In dieser Zeit fing er an, erste Flugversuche zu unternehmen. Er kam bis auf den ersten größeren Zaunpfahl und schaute sichtlich zufrieden auf die Welt von oben. Auf Anraten von anderen Erwachsenen habe ich Wodan die Flugfedern beschnitten, um ihn am Wegfliegen zu hindern. So verblieb ihm der Hühnerhof als sein Refugium, den er hüpfender Weise überquerte.

Gegenüber der Hühnerschar wurde er immer aggressiver, der Hahn verdrückte sich bei seinem Erscheinen in eine Ecke und das Demutsverhalten der Hennen war nicht zu übersehen. Das war der Zeitpunkt für das Eingreifen meiner Großmutter. Erregt erklärte sie, daß die Legeleistung der Hühner nachgelassen habe und der „Rabe" daran schuld sei. Er müsse weg, forderte sie. Mein Großvater schaute mich an, aber er mußte sich auch den Realitäten der Nachkriegszeit und dem Willen seiner Frau beugen, wobei die Versorgung mit Hühnereiern Priorität hatte. So beschlossen mein Großvater und ich, Wodan in die Freiheit zu entlassen.

Seine Flugfedern wuchsen nach, das Fliegen stellte sich dann fast von alleine ein. Zuerst waren die Ausflüge in die Umgebung nur kurz, dann wurden sie immer länger. Dann war er ganze Tage weg. Wenn er dann einmal wieder auf seinem Lieblingsplatz auf dem Starenkasten saß, konnte ich noch einmal mit ihm reden. Geduldig und mit geneigtem Kopf hörte er mich an, ich konnte ihn auch anfassen. Ob er mich verstanden hat, daß ich ihn in die Freiheit entlassen muß, kann ich eigentlich nur erahnen. Das Neigen des Kopfes bei unseren Gesprächen deutet darauf hin, daß er mich verstanden hat. So etwas wie Traurigkeit empfand ich bei dieser mich stark berührenden Geste.

Sein Erscheinen bei uns auf dem Hof wurde immer seltener, im Winter kam er ab und zu mal zum Fressen. Dann war er über Monate nicht zu sehen, und ich hatte ihn fast schon vergessen.

Da tauchte er eines Tages wieder auf. Mit ihm waren zwei Jungvögel gekommen, die sich sichtlich zurückhielten und aufgeregt wegflogen, als ich mich ihnen näherte. Er ließ sich auch anfassen, das Futter auf dem Hühnerhof aber interessierte ihn nicht mehr. Offensichtlich war er gekommen, um mir seinen Nachwuchs zu zeigen. Mein Großvater hat es auch so gesehen.

Wir haben noch oft darüber gesprochen. Danach habe ich Wodan nicht wiedergesehen. Der Ruf nach Freiheit und das Leben in der freien Natur waren wohl stärker gewesen.

Ein Wiedersehen mit den Krähen in Merseburg

Die Jahre der Kindheit, der Schule, des Erwachsenwerdens, Studiums und der Arbeit liegen hinter mir. Das Leben ist ruhiger geworden. Trotzdem birgt es noch Überraschungen.

Ich bin gerade zu mir gekommen. Ich liege in einem Gebüsch im hinteren Teil des Schloßgartens, weiß nicht, wie ich hierhergekommen bin. Ich spüre nur das Unwohlsein und die Leere in meinem Kopf. Langsam kommt die Erinnerung zurück, die leere Flasche neben mir weist auf den Weg, den ich nach dem Tod meiner Frau beschritten habe. Ich habe versucht zu vergessen, den Halt im Leben verloren und Trost im Alkohol gefunden. Munin, die Kraft der Erinnerung, arbeitet ständig in mir.

In meine Gedanken dringen Stimmen, sie kommen von oben. „Der ist noch nicht hinüber. Ergäbe einen guten Schmaus ab, wir müssen noch warten". Ich verstehe nicht den Sinn. Es dauert eine Weile, bis ich erkenne, daß ich mit dem „Schmaus" gemeint bin. Die von oben kommenden Stimmen stammen offensichtlich von über mir kreisenden schwarzen Vögeln. Offensichtlich kann ich die Stimmen der Krähen verstehen. Bin ich verrückt geworden, frage ich mich. Was ist mit mir geschehen, was ist passiert? Ich rappele mich auf, treffe auf Leute und gucke, ob auch sie die Gespräche der Vogelwelt verstehen. Ihr Verhalten ist unverändert. Von oben höre ich, daß meine neuen Bekannten sich über den Verlust ihrer Mahlzeit mokieren. Aber wieso ist diese Fähigkeit, die Sprache der Vögel zu verstehen, bei mir entstanden. Ich rätsele und komme zu keinem Ergebnis. Schließlich füge ich mich in mein Schicksal. Ich lasse es laufen, wie man es in einer solchen Situation eben so macht, wenn etwas nicht sofort zu erklären ist. Ich verlasse mich darauf, daß ich das Ergebnis bei einem späteren Anlauf erhalten werde.

Tage später bin ich wieder in der Oberstadt unterwegs. Ich habe reichlich gebechert und spüre die beseligende Wirkung des Alkohols. Ich bin aus meiner Wohnung in der Innenstadt geflüchtet, weil die Mitbewohner im Hause sich wie so oft in der letzten Zeit über mein lautstarkes Lallen aufgeregt haben. Es war die Rede von

Delirium und Belästigung der Mitbewohner. So bin ich wieder losgegangen; bevorzugte Gegend für meine Ausflüge ist das Gelände am Schloß und Dom. Ich komme am Rabenkäfig vorbei, und da haut es mich fast um, als der Rabe mit näselnder Stimme feststellt, daß ich ganz schön „getankt" habe. Erschrocken antworte ich: „Jawohl, Herr Rabe", bin dann aber grummelnd weitergegangen. Ich wollte mir nicht die Leviten von diesem Schwarzrock lesen lassen.

Am Abend sind die Krähen zu ihren Schlafbäumen am Schloß zurückgekehrt. Sie lassen sich auf den Ästen nieder, bereiten sich auf die Nacht vor. Hier sind sie sicher vor ihren Feinden, ihre Bäuche sind gefüllt mit den herrlichen Dingen von den Feldern in Merseburg. Sie sind zufrieden und unterhalten sich über das Leben der Menschen da unten. Ich höre ihnen zu, eigentlich wollte ich nach Hause. Früher war noch Leben in der Stadt, dann haben sich die Zeiten geändert, berichten sie in ihrer krächzenden Tonlage. Die zunehmende Sauferei unter den Menschen ist ihr momentanes Thema.

Die Krähen über Merseburg

Die Krähen haben den Blick von oben, sie haben den Überblick. Diese Sichtweise scheint unseren Politikern abhanden gekommen zu sein. Nun dürfte es schwierig sein, den Politikern Flügel zu verleihen, damit auch sie diesen Blick von oben, eben den Überblick bekommen.

Meine Krähen, ich nenne sie so, weil sie mit mir reden, haben ihn! Früher war es schöner und auch nicht so gefährlich, orakeln sie mit ihrer rauhen Stimme. Da gab es noch Pferdeäpfel, und man konnte hinunter auf die Straße. Heute sind da nur noch Dreck und Abgase, Kippen liegen massenweise zwischen den Pflastersteinen. Wenn aus ihnen Tabakpflanzen wachsen würden, gäbe es einen schönen grünen Tabakpflanzenwald.

Der Verkehr mit den vielen Autos macht Merseburgs Innenstadt kaputt. Zeitweise kann man die Straßen als Fußgänger nicht überqueren. An den Fußgängerübergängen werden dem Fußgänger fast die Hacken abgefahren. Es ist wie auf einem Highway, der Verkehr rast. Diese Segnungen der neuen Zeit mit den vielen Autos und den entsprechenden Abgasmengen bekommen natürlich hauptsächlich die älteren Menschen zu spüren, die in der Innenstadt wohnen.

Da haben wir es hier in luftiger Höhe angenehmer, stellen die Krähen einmütig fest. Lärm und Gestank sind unten, dazu die krebserregenden Stoffe in Form von Feinstaub und den anderen nicht minder giftigen Abgasen. Was würden wohl Abgasmessungen zutage fördern, fragt der Zeitgenosse. Die werden natürlich nicht bekannt gemacht. Wir trauen uns nicht hinunter auf die Straßen, wir sind doch nicht lebensmüde, höre ich die Krähen in luftiger Höhe argumentieren.

Wie es besser gehen kann, hat schon der frühere Stadtbaurat Friedrich Zollinger mit einem Generalbebauungsplan in den 20er Jahren des vorigen Jahrhunderts aufgezeigt. Sein Plan sah den Bau von Umgehungsstraßen in Richtung Halle und Weißenfels sowie nach Leipzig vor. Darin enthalten war auch ein sich von Süden nach Norden quer durch die Stadt ziehender Grünstreifen.

Anstatt den Autoverkehr aus der Stadt herauszuleiten, haben die folgenden Generationen ihn hineingeführt, erörtern meine Krähen weiter. Wir sind hier im wilden Osten, hier gelten andere Gesetze. Polizei als regulierendes Organ sieht man kaum in der Öffentlichkeit. Durch die Gotthardstraße rasen die Radfahrer, keiner kümmert sich darum. Die Verantwortlichen für dieses infernalische Gewusel wohnen draußen in den besseren Wohnlagen.

Auf dem Weg nach Hause habe ich gedankenversunken beim Rabenkäfig haltgemacht. „Weißt du eigentlich, warum die Krähen dich so mögen?" Mit dieser Frage riß der Rabe mich aus meinen Gedanken. Seine Ehehälfte guckte auch gleich interessiert auf. „Du hast einen aus ihrer Sippe großgezogen, ihm zu einem langen Leben verholfen". „Du bist so etwas wie ein Held bei den Krähen, sie verehren dich", redete er in seinem Jargon weiter. Langsam drangen seine Worte in meine vernebelte Gedankenwelt. Noch habe ich meinen Verstand nicht vollkommen versoffen, dachte ich. „Erstaunlich, erstaunlich", ich war verblüfft. Meine Gedanken gingen zäh und langsam. Was hast du mit den Krähen zu tun, fragte ich mich wieder und wieder. Irgendwie waren sie schon immer bemerkenswert für mich gewesen.

Da hatte ich zum ersten Mal Verantwortung für ein Lebewesen übernommen. Als junger Halbstarker hatte ich verantwortungslos gehandelt, als wir das Krähennest plünderten. Dann habe ich um das Leben der jungen Krähe gekämpft. Ich wollte sie nicht verlieren, wollte wohl auch mit meiner Schuld klarkommen. Opas Misthaufen und meine Beharrlichkeit halfen, das Leben von Wodan zu retten.

Die Lebenserwartung der freilebenden Krähenvögel wird nicht sehr hoch eingeschätzt. Man spricht von 3,5 Jahren. In Ausnahmefällen können Saatkrähen recht alt werden. In Großbritannien wurde eine beringte Krähe 22 Jahre alt, hatte ich später erfahren. Wenn Wodan heute noch leben würde, wäre er über 60 Jahre alt. Kann ich dem Krähenvolk trauen, was versteckt sich hinter ihrer

Verehrung? „Was hast du mit deiner Krähe gemacht?",
fragt mich nun auch der Rabe. Ich grübelte und grübelte,
des Rätsels Lösung fand ich erst Tage später, wie immer
durch Zufall.

„Der Mensch ist, was er ißt". Dieser Satz gilt auch für
Tiere, er hat sich in meine Gedanken geschlichen, heim-
lich, still und leise. Nun ist alles klar: es waren die Maikäfer, mit denen wir die Hühner zuerst und dann auch zufällig unseren „Raben" gefüttert haben. Es gab sie in
Massen in den Nachkriegsjahren, wir hatten Kisten und
Kartons voll davon gesammelt. Ein Teil landete bei den
Hühnern, als ein Karton herunterfiel. Auch Wodan war
gleich zur Stelle. Die Gier nach diesem Futter war nicht
zu übersehen.

„Hochwertige Proteine waren das", belehrt mich der
Käfig-Rabe. „Dazu waren sie noch ungespritzt in der
Nachkriegszeit, Labsal für das Immunsystem jedes Lebe-
wesens", ergänzt seine gebildete Lebenspartnerin. Und
dann im bedauernden Ton: „Deine Krähe hatte es gut bei
dir, du hast ihr zu einem langen Leben verholfen" setzt
der grummelnde Rabe hinzu. Ich bin gedanklich platt,
verstehe die Welt nicht.

**Das Ende meiner Trinkerei und die Krähen ziehen
ab**

Ich habe es geschafft, die Herrschaft von John
Barleycorn zu beenden. Ich habe es getan, rühre keine
Flasche mehr an, eben ganz einfach aufgehört zu trinken.
Die Mediziner behaupten, daß das nicht gehe. Aber ich
habe es getan. Jetzt bin ich ganz einfach stolz auf mich.
Es gab keine Entwöhnungskur, keine ärztlichen Ratschlä-
ge und keine Vorschriften. Ich habe es einfach getan, den

Alkohol wegzulassen. Natürlich hat es „wehgetan", den Stoff nicht mehr zu nehmen. Aber ich bin ein „harter Hund", schon immer gewesen, jedenfalls gegen mich selbst.

Geblieben ist die Erinnerung an die Zeit, als ich mich mit Raben und Krähen unterhalten konnte. Der Rabe, den ich hin und wieder besuche, hatte es im voraus gesagt: „Du wirst mit der Sauferei aufhören, dessen bin ich mir sicher. Es ist nicht dein Niveau… vergiß uns nicht", setzte er noch hinzu. Mir war zum Heulen zumute. Vorher hat er mir noch das Versprechen abgenommen, daß ich ihn regelmäßig mit Maikäfern versorgen solle. Der nächste Mai kommt gewiß, ich werde mir etwas einfallen lassen müssen.

Was mir auf mein Gemüt drückt, ist die Tatsache, daß ich den „Draht" zu den Rabenvögeln verloren habe. Mit diesem Verlust muß ich leben. Sie werden mir fehlen, die Stimmen und Mitteilungen der Schwarzkittel, ich habe etwas sehr Wertvolles verloren.

Es ist Anfang Februar. In der Nacht hat es noch einmal geschneit. Die Tage sind merklich länger geworden, es riecht nach Frühling. Am Himmel sind Scharen von Krähen, hoch oben am Himmel kreisen sie wieder und wieder. Sie haben sich versammelt, um zu ihrem Zug nach Osten anzusetzen. Ich höre ihre Rufe und spüre mit ihnen, daß es zurück in die Heimat geht. Ich fühle mich ihnen verbunden, meine Gedanken begleiten sie vorauseilend in die Zukunft. Ich bin als Hugin, der vorauseilende Gedanke, bei ihnen.

Die Altvögel haben zuerst mit dem Wegzug begonnen, bis Anfang März ist der Vorgang meist abgeschlossen. So etwas wie Wehmut ist in mein Herz eingezogen.

Ich tröste mich damit, daß meine Freunde im Spätherbst oder Winteranfang zurückkommen werden.

Die Merseburger Rabengeschichten werden weitergehen. Dessen bin ich mir sicher. Momentan sind es die Maikäfer, die ich nicht vergessen darf. Aber ich empfinde auch viel Freude bei den Gedanken an meine gefiederten Freunde.

Die Autoren

Johanna Adler, Jahrgang 1943, begann spät zu scheiben. Durch den ersten Enkel angeregt, entstand die Geschichte „Isa und der kleine Drache", veröffentlicht 2006. 2009 folgte „Die kleine Hexe Walpurgis". 2007 bzw. 2010 Lesungen auf der Leipziger Buchmesse. Mehrere Kurzgeschichten – mitten aus dem prallen Leben – sind bisher unveröffentlicht.

Thomas Deutsch Geboren am 8. Juni 1961 in Lübz. 1966 nach Potsdam, 1974 nach Pritzwalk umgezogen. Abitur 1980 an der dortigen Erweiterten Oberschule. Direktstudium der Kartographie an der TU Dresden. Seit 1988 in Halle wohnhaft und im staatlichen Vermessungswesen tätig, überwiegend kartographisch und fotografisch aktiv. Nach einer schweren Erkrankung 2010 verstärkte Orientierung auf das Schreiben. Erste eigene Buchveröffentlichung 2012: „Der frühe Tau des jungen Morgens – Später Weisheit erster Schluss" – Lyrik und Kurzgeschichten.

Philine Eschke-Scheubeck wurde 1958 in Merseburg geboren. Sie ist Optikermeister und lebt in Bad Dürrenberg.

Veröffentlichung: Eine abenteuerliche Studienreise durch Peru inspirierte sie zu dem Buch: „Blondine – drei Wochen in Peru".

Für die Gabelgeschichten-Anthologie schrieb sie die Geschichte: „Wie die Gabel in den Stein kam".

Peter Gehre 1956 in Bad Dürrenberg geboren// Schule, Abitur, Chemikant // 1993 Zertifikat des Lehrgangs „Zeichnen und Malen" an der ABC Kunstschule Paris // 2001 Beginn seines Panorama-Weltbildes „The World Union Vision" // 2005 Eröffnung seiner Galerie „MAVIS" in Spergau // 2009 Gründung der „Peter-Gehre-WUV-Stiftung"

Veröffentlichungen:

Phantasie oder der Traum der Freiheit, 2009

Phantasie und Visionen, 2010

Jürgen Jankofsky   Geboren am 19. Juni 1953 in Merseburg// Schulbesuch, Abitur// Chemiestudium// Ausbildung zum und Arbeit als Berufsmusiker// Fernstudium am Literaturinstitut Leipzig// Mitarbeit im Literaturzentrum Halle u. zeitweise freischaffend// 1990-93 Stadtschreiber in Merseburg// 1994-99 Mitarbeit im halleschen Künstlerhaus 188// Leitung von Projekten u.a. für die Robert Bosch Stiftung Stuttgart// seit 2000 Geschäftsführer des Friedrich-Bödecker-Kreises Sachsen-Anhalt, Herausgeber der Literaturzeitschrift „ODA – Ort der Augen" - Mitglied des Verbandes Deutscher Schriftsteller (VS), der Europäischen Autorenvereinigung KOGGE und des P.E.N.// Walter-Bauer-Preis 1996// Stipendium für Arbeitsaufenthalt in Kanada 1998// Ehrenpreis des Kulturministeriums Armeniens 2012 //seit 2006 stellv. Bundesvorsitzender der Friedrich-Bödecker-Kreis
Veröffentlichungen unter vielen: Graureiherzeit, Berlin 1996
Merseburg – 1200 Jahre in 62 Porträts und Geschichten, Halle 2013
Herausgaben: Sonnentanz - Ein Walter-Bauer-Lesebuch, Halle 1996

Katharina Mälzer   wurde 1960 in Hohenstein-Ernstthal geboren. Seit dem Chemiestudium lebt sie in Merseburg.
2010 schrieb sie den Erzählband „Achteinhalb Jahrzehnte" und 2012 „Frau Mandelkern lud zum Tee". Weitere Veröffentlichungen in den Anthologien „Merseburger Gabelgeschichten" und „Merseburger Neumarktgeschichten". 2012 belegte sie bei dem Schreibwettbewerb „Wie kam der Gabelstein auf den Domplatz?" den dritten Platz.

Regina Oversberg ist im sagen- und mythenreichen Harz aufgewachsen. Noch heute begeistert sie sich für Geschichten, in denen reale und fiktive Geschehnisse miteinander verwoben sind. Deshalb hat es sie als Wahl-Bad-Dürrenberger gereizt, etwas Ähnliches über ihre geschichtsträchtige Stadt zu schreiben, über die Stadt mit dem Salz in der Luft.

Rüdiger Paul Jahrgang 1959// Vorlieben: Naturnah zu sein, um das Große im Kleinen zu finden, Lesen, Fotografie, Musik, sowie das künstlerische Schaffen des Malers Salvador Dali// Glaubt an: Den guten Lauf der Dinge.// Bereits erschienen: „Jesuslatschen Größe 42" (Projekteverlag), „Merseburger Gabelgeschichten" (Anthologie), „Merseburger Neumarktgeschichten" (Anthologie)

Ingeborg Schmelz wurde 1940 in Lüben/Schlesien geboren. Wegen der Kriegseinwirkungen musste sie, zusammen mit der Familie, aus ihrer Geburtsstadt im Januar 1945 flüchten. Eine neue Heimat fand sie in Seeburg/Eisleben. Im Jahre 1951 Umzug nach Schkopau/Merseburg. Ausbildung zur Chemielaborantin mit anschließender 25-jähriger fachlicher Tätigkeit in verschiedenen Einrichtungen. Verheiratet seit 1961, seitdem wohnhaft in Merseburg. Zwei Kinder, Tochter und Sohn, im Erwachsenenalter. Hobbys: lesen, schreiben und reisen.
2009: „Aus der Heimat in die Ferne", ISBN 978-3-86634-726-7
2010: „Denken mit meines Vaters Augen" ISBN 978-3-86237-268-3
Beide Bücher verlegt im Projekte-Verlag Halle.

Hans-Dieter Weber lebt mit seiner Familie in Atzendorf, einem Ortsteil von Merseburg. Seit seiner Studentenzeit kann er sich ein Leben ohne Bücher nicht mehr vorstellen. Lange schon hatte er den Wunsch gehabt, selber einmal ein Buch zu schreiben. Mit 60 hat er dann endlich angefangen und seitdem 5 Bücher veröffentlicht: „Zwecke will es schaffen!" (Ein Roman für Kinder), „Heißer Urlaub" (Kalendergeschichten), „Lauras bunte Wörterkiste" (Gedichte-Werkstatt für Kinder), „Mehr Demokratie beim Wählen wagen!" (Essay) und „Die Katze" (Geschichten für Kinder). Dazu kommen Artikel und Texte in Zeitschriften und Anthologien. Von Anfang an gehört er zur Autorengruppe „Leseturm". Junge Nachwuchsautoren unterstützt er in der Leseturm-Schreibwerkstatt für Kinder und Jugendliche.

Dr. Dietrich Werner Als Jahrgang 1939 habe ich noch den zweiten Weltkrieg erlebt. Aufgewachsen in Thüringen und in der DDR, Oberschule und Abitur 1957. Industriepraktikum, danach Armeezeit bis 1960. Endlich Studium der Chemie an der TH Chemie Merseburg, Diplom und Promotion. Industrieforscher, Anlagenentwickler und -anfahrer, sozialistisches Ausland. Nach der Wende Versuch weiterzuarbeiten, aber dann doch durch Regelung Frühverrentung altershalber. Versuche zu Patent- und Verfahrensentwicklungen, Mitarbeit deutsches Chemiemuseum. Seit 2012 bei der schreibenden Zunft im „Leseturm".

Leseturm.net

Literaturkreis Merseburg - Beuna